Acht Gräber

Dr. Michael KÜHNEL-ROUCHOUZE

Acht Gräber

Als Katastrophenhelfer im Ebolagebiet

Dieses Werk ist urheberrechtlich geschützt. Dadurch begründete Rechte, insbesondere der Übersetzung, des Nachdrucks, des Vortrags, der Entnahme von Fotos, der Funksendung, der Mikroverfilmung oder der Vervielfältigung auf anderen Wegen und der Speicherung in Datenverarbeitungsanlagen, bleiben, auch bei nur auszugsweiser Verwertung, vorbehalten. Vervielfältigungen des Werkes oder von Teilen des Werkes sind auch im Einzelfall nur in den Grenzen der gesetzlichen Bestimmungen des Urheberrechtsgesetzes in der jeweils geltenden Fassung zulässig. Sie sind grundsätzlich vergütungspflichtig

Kühnel-Rouchouze, Michael: Acht Gräber

© 2015 Dr. Michael KÜHNEL-ROUCHOUZE
Herstellung und Verlag: BoD – Books on Demand, Norderstedt

ISBN: 978-3-738-62327-7

Bibliografische Information der Deutschen Nationalbibliothek:
Die Deutsche Nationalbibliothek verzeichnet diese Publikation in der Deutschen Nationalbibliografie; detaillierte bibliografische Daten sind im Internet über http://dnb.dnb.de abrufbar.

Inhaltsverzeichnis

Sierra Leone
Vorbereitungen 10
Der Einsatz beginnt 13
Der erste Kontakt 17
Verstärkung und Anreise 19
Neuankömmlinge und Abschied 23
Aufgabenverteilung 25
Verliebt in den Kollegen 30
Der Imam im CAR Center 32
MSF 35
Das Training 40
Acht Gräber 42
Was kostet Hilfe? 45
Eine kleine Geschichte 47
Kulturelle Problemchen 49
Land unter 52
Sheikh Khan 53
Achtung Taschendieb! 54
Verbotene Partys 56
Budget 58
Taktile Deprivation 59
Abschied nehmen 61
Ebola – die neue unbekannte Bedrohung? 65
Medien 66

Liberia
Vorschusslorbeeren 77
Déjà vu 78
Genf 81
Ankunft in Liberia 83
Liberia 85

Arbeitsbeginn 87
Mein Wirkungsort.. 90
Arbeit an allen Ecken und Enden.................................... 92
Planspiel... 94
Aufklärungsarbeit.. 97
Trainings.. 99
Essen wie Gott in Liberia 101
Verkehr und andere Hindernisse...................................103
Mama Susu, Yoga und Pizza..106
Man sieht sich immer zweimal......................................108
Geburtstag am Strand und andere Feste 109
Die Doozers...111
Eternal Love Winning Africa...112
SOPs 113
Yes, but 115
Farewell Dr. Tim wherever you may go 117
Eco Lodge 119
Die Kinderstation...120
Ö3 und andere Werbung für uns...................................121
MoU und LoA 123
Statistische Wahrheiten...124
Quo vadis Schutzausrüstung?.......................................126
Übungstage 129
Kleinere und größere Gebrechen..................................131
Die Zertifizierung der Schawamas 133
Der Abschied..134
Genf 136
Nachwort...139
Danksagung 141

Vorwort

Die erste im Jahr 2013 an Ebola in Westafrika erkrankte Person war ein zweijähriger Bub aus Meliandou, einem Dorf in der Präfektur Guéckédou in Guinea. Der Bub erkrankte im Dezember 2013 an Erbrechen, blutigem Durchfall und Fieber und verstarb am 28. Dezember 2013. Innerhalb von drei Wochen starben einige Familienmitglieder, Hebammen, traditionelle Heiler, die ihn gepflegt hatten beziehungsweise auf dessen Begräbnis waren.[1] Da das Dorf Meliandou im Grenzgebiet von Guinea, Sierra Leone und Liberia liegt, verbreitete sich die Krankheit durch Kontaktinfektion (Kontakt mit u.a. Schweiß und Blut) rasch in allen drei Ländern.

In weiterer Folge kam es zu einer Entwicklung, die wir heute als den bisher größten Ebola-Ausbruch der Geschichte definieren. Bisher (Stand 28. April 2015) gab es mehr als 23.000 bestätigte Fälle, davon 9.000 Tote.

2014 hatte ich die Gelegenheit, bei zwei völlig unterschiedlichen Einsätzen für das Österreichische Rote Kreuz (ÖRK)* unter der Schirmherrschaft der beiden großen internationalen Teile des Roten Kreuzes, nämlich des IFRC (International Federation of Red Cross and Red Crescent) in Sierra Leone und des ICRC (International Committee of Red Cross) in Liberia zu arbeiten.

Mit diesem Buch möchte ich den LeserInnen meine Erlebnisse und Gedanken, die mich in Westafrika begleiteten, zugänglich machen – mit welchen Ängsten, Hoffnungen und Problemen wir im Einsatz im Allgemeinen und gegen Ebola im Speziellen zu kämpfen hatten, aber auch, wie wundervoll die Menschen in Westafrika sind. Ich habe in dieser Zeit Blogs geschrieben, die ich für dieses Buch

---

[1] Origins of the 2014 Ebola epidemic, WHO 2015

überarbeitet und kommentiert habe. Die Blogs entstanden während meiner Zeit in Afrika aus der Emotion heraus. Ich habe zum besseren Verständnis zum Beispiel Abkürzungen erklärt, vieles ergänzt beziehungsweise überarbeitet. Die Emotionen, aus denen heraus ich sie schrieb, wurden aber nicht verändert.

Fragt man mich nach meiner Motivation für die Ebola-Einsätze, kann ich dazu keine klare Antwort geben. Es ist sicher nicht das Adrenalin, der Nervenkitzel – dafür bin ich nicht der Typ. Dafür liebe ich mein Leben zu sehr. Ich habe schon mit 13 Jahren gewusst, dass ich Arzt werden möchte. Ich bin mittlerweile seit 16 Jahren ehrenamtlich für das Wiener Rote Kreuz tätig und sehe es als Selbstverständlichkeit, dort zu helfen, wo meine Hilfe gebraucht wird. Durch diverse Zusatzausbildungen – Tropenmedizinischer Kurs in Hamburg, Master of Public Health in Wien und natürlich die Wat-San-Ausbildung (Water and Sanitation – Trinkwasseraufbereitung und Hygiene)* – war ich auch in Genf in der internationalen Zentrale der Organisation gerne gesehen.

Ich durfte bereits 2005 nach dem Tsunami in Banda Aceh in Indonesien helfen. Danach war ich 2011 und 2013 in Leogane und Jeremy in Haiti tätig, bevor ich nun die Möglichkeit bekommen habe, in Westafrika zu arbeiten.

Es war und ist mir bewusst, dass diese Einsätze lebensgefährlich waren und auch anders hätten ausgehen können. Nichtsdestotrotz wusste ich Bescheid über Ansteckungswege, Risiken und wie man sich vor der Übertragung schützen kann.

Natürlich ist nichts hundertprozentig, aber das Risiko waren ich und auch Barbara, meine Frau, bereit einzugehen.

Sierra Leone

Vorbereitungen

Bereits im April 2014 bekam ich eine Anfrage des Österreichischen Roten Kreuzes: Was weiß ich als Spezialist für Tropenmedzin zum Thema Ebola? Es ging darum, bei einem möglichen Einsatz wegen eines Ebola-Ausbruches im Westen Afrikas einen Österreicher für eine Evaluierung zu entsenden. Bereits damals sagte ich, dass alles, was wir bisher im Cholera-Bereich geleistet hatten, „Kindergarten" im Vergleich zu Ebola sei. Allein schon die Sterberate von bis zu 85 Prozent bei diesem Ebola-Ausbruch im Vergleich zu zirka zwei bis drei Prozent bei Cholera zeigt die unterschiedlichen Dimensionen. Es wurde damals letztlich niemand entsandt.

An einem Freitag im Juni 2014 bekam ich den nächsten Anruf. Zu diesem Zeitpunkt war Ebola in Europa, wenn überhaupt, nur als Randthema in den Medien vertreten. Mein Kollege fragte mich, ob ich mir vorstellen könnte, in das Krisengebiet zu gehen. Auch meine Ehefrau Barbara wurde gefragt, weil auch sie bereits viel Einsatzerfahrung hatte. Da allerdings nur eine Person geschickt werden konnte, fiel die Wahl aufgrund meines medizinischen Berufes auf mich. Beide hätten wir nicht gezögert.

Danach ging alles schnell. Am Samstag musste ich meinen Lebenslauf schicken, am Montag bekam ich während eines Dienstes als Notarzt ein telefonisches Briefing aus Genf, danach noch eine Schulung durch unsere SpezialistInnen für chemische, biologische, radioaktive und nukleare Bedrohungen (kurz CBRN)*, wie, wann und wo ich die so lebensnotwendige Schutzkleidung richtig an- und vor allem wieder ausziehen sollte. Dies war der wichtigste Teil der ganzen Vorbereitung.

Ich musste noch allerhand besorgen, sämtliche Termine für die kommenden vier Wochen stornieren, feierte gleichzeitig meinen Hochzeitstag und arbeitete nebenher. Es war eine sehr intensive Woche für mich. Meinen Eltern erzählte ich, dass ich nach Afrika müsse, um dort Hygieneschulungen durchzuführen. Dies war nicht gelogen, aber ich wollte ihnen nichts von Ebola erzählen, von der sehr hohen Sterberate und dem Risiko, das ich einging. Es reichte, wenn meine Frau und meine Schwester wussten, was ich tun würde.

Ein wichtiger Punkt war auch, geeignete Kleidung zu besorgen. Anders als in Österreich tragen wir bei Auslandseinsätzen keine Uniform, weil die Menschen vor Uniformen eher Angst haben. In vielen Ländern, in denen wir tätig sind, auch Sierra Leone, haben die Menschen Bürgerkrieg, eventuell Einschüchterung durch das Militär, die Polizei oder sonstige paramilitärische Einheiten hinter sich. Dementsprechend wollen wir nicht als uniformierte Autoritätspersonen auftreten, sondern als Berater. Wir tragen entweder Gilets oder Poloshirts mit dem Logo des Roten Kreuzes oder der Dachorganisation, der Internationalen Föderation der Rotkreuz- und Rothalbmond-Gesellschaften (IFRC), und eine neutrale Hose dazu. Dieses Outfit ist oft auch während der Flüge zum Einsatzort hilfreich, wiegt unser Handgepäck doch manchmal sogar doppelt so viel wie die in der Regel erlaubten acht Kilo, und mitunter haben wir noch notgedrungen ein zweites oder drittes Handgepäckstück dabei. Da ist das Flugpersonal aufgrund des Roten Kreuzes auch mal kulant und lässt das Mehrgepäck durchgehen. Ab und zu bekommt man auch noch ein kleines Extra, wenn man als HelferIn erkennbar ist. Auf einem Flug nach Haiti zum Beispiel hat mir eine Flugbegleiterin einen halben Kilo Schokolade zugesteckt mit den Worten: „Die anderen hier brauchen sie eh nicht, und für Sie ist es Nervennahrung!"

Ein fast schon ritueller Punkt war die Besorgung von Manner-Schnitten. Diese Tradition pflege ich seit meinem ersten Einsatz. Neben dem Geschmack und dem Suchtfaktor wurde diese Waffel auch zur „internationalen Währung": Man verschenkt sie bei den offiziellen Besuchen, man teilt sie mit KollegInnen. Nicht zuletzt ist sie eine Erinnerung an die Heimat, genauso wie die paar Folgen der Ö3-Radiosendung „Frühstück bei mir", die ich mir immer mitnehme – einfach zum Anhören.

Für mich zu einer ausgezeichneten Zeit, nämlich schon kurz nach Mitternacht, war ich fertig mit dem Packen für den Einsatz. So etwas kann bei mir auch bis drei oder vier Uhr dauern. Zwei Rucksäcke wurden es schließlich. Neben den Schnitten kamen auch noch einige Sets an Schutzkleidung mit. Ich wollte auf alles vorbereitet sein.

Exakt eine Woche nach dem ersten vagen Telefonat fuhr mich meine Frau mit den beiden Rucksäcken zu je 15 Kilo und einem genauso schweren Handgepäck zum Flughafen Wien. Unterwegs stieg noch unser Freund Flo ins Auto, quasi als blinder Passagier. Er begleitete uns, um mich zu verabschieden. Sowohl Barbara als auch ich kennen die Situation, den Partner für eine Mission verlassen zu müssen. Aber wir kennen auch die andere Seite: Auf dem Flughafen zurückzubleiben mit der einen oder anderen Träne im Auge. Man weiß, dass man den Partner nun einen Monat oder länger nicht mehr sehen wird, dass er beziehungsweise sie sich in Gefahr begibt – und dass man nichts tun kann, außer zu warten. Da war es gut, jemanden wie Florian zu haben...

Der Einsatz beginnt

Ebola Virus: Wiener Rotkreuz-Experte hilft

Als Mitglied einer internationalen Rotkreuz-Delegation wird der Wiener Rotkreuz-Experte und Notarzt Dr. Michael Kühnel am Freitag, den 20. Juni, ins Krisengebiet nach Sierra Leone entsandt. Er soll dort gemeinsam mit einem internationalen Expertenteam mithelfen, die Ausbreitung der äußerst gefährlichen Ebola-Seuche zu verhindern.

Kühnel gilt als international erfahrener Experte: Mehrere Einsätze – zuletzt nach der Erdbebenkatastrophe in Haiti – haben den ausgebildeten Notarzt sowie Trinkwasser- und Hygiene-

Spezialisten bereits reichlich Erfahrung sammeln lassen. Nun ist der 38-Jährige in äußerst heikler Mission unterwegs: Allein in Sierra Leone gibt es 132 Verdachtsfälle der äußerst aggressiven und zumeist tödlich verlaufenden Ebola-Krankheit – 50 davon sind bereits von den lokalen Behörden bestätigt worden.

Die Auswirkungen für die Region sind enorm, so hat die Regierung von Sierra Leone bereits den Handel über die Grenzen nach Guinea und Liberia eingestellt, wo ebenfalls die Ebola-Seuche ausgebrochen ist. Nachtclubs, Kinos und Schulen sind in den betroffenen Regionen geschlossen worden, um die Ausbreitung der Seuche einzudämmen.

‚Meine Aufgabe wird es vor allem sein, die Menschen über die Ansteckungsmechanismen des Virus aufzuklären und Hygiene-Schulungen durchzuführen‘, erklärt Kühnel. Das Ebola-Virus wird sowohl von Mensch zu Mensch als auch über sogenannte Flughunde übertragen, die in Sierra Leone auch verzehrt werden." [2]

Diesen Text übermittelte das ÖRK an die Medien. Er war gut geschrieben, traf durchaus zu, spiegelte aber nicht im Entferntesten wider, was in mir vorging. In Interviews gab ich später immer an, „keine Angst, aber Respekt" gehabt zu haben. Doch das Gefühl vor dem Start einer Mission ist am ehesten mit dem flauen Gefühl vor einer Prüfung vergleichbar. Man kann noch so viele absolviert haben, das Grummeln im Magen ist immer da. Es ist eine Art Mischung aus freudiger Erregung, dem Gedanken, nicht zu wissen, was jetzt kommt, und ein bisschen Trauer, meine Liebsten daheim zurückzulassen.

Zu meiner Vorbereitung gehörte neben einem Presse- und einem IT-Briefing auch Landeskunde:

Sierra Leone ist mit rund 71.700 Quadratkilometern in etwa so groß wie Irland und hat 5,9 Millionen Einwohner, die Hauptstadt ist Freetown.

---

[2] Aussendung des Österreichischen Roten Kreuzes vom 18. Juni 2014

Mit einem Bruttoinlandsprodukt pro Kopf und Jahr von 580 US-Dollar zählt es zu den ärmsten Ländern der Welt. Zum Vergleich: In Österreich beträgt das Bruttoinlandsprodukt pro Kopf mehr als 48.000 US-Dollar.[3]
Geografisch liegt Sierra Leone in Westafrika und grenzt an Liberia und Guinea.

Das Land selbst ist in drei Provinzen (Nord, Süd und Ost) eingeteilt, wobei die Provinzen in 14 Distrikte (quasi Bundesländer) und diese in insgesamt 146 Chiefdoms (mit politischen Bezirken vergleichbar) unterteilt sind.

In der östlichen Provinz, im Distrikt Kailahun, genauer im Chiefdom Luawa, liegt der Ort Kailahun. Er ist das Drehkreuz für Guinea und Liberia, weil die beiden Länder jeweils nur zwei und zwanzig Kilometer von der Kleinstadt entfernt liegen. Menschen aus allen drei Ländern treffen sich dort, gehen zum Markt und können so leider auch das Virus in die jeweilige Heimat mitnehmen.

Die Fakten bei meinem Start in Europa:

- 276 auf Ebola Getestete
- davon 145 positiv
- 65 bestätigte Tote in 9 von 14 Chiefdoms von Kailahun

Nun also flog ich mit genügend Schutzausrüstung im Gepäck mit dem Flug SN 241 der Brussels Airlines nach Brüssel, um von dort nach Freetown zu gelangen. Nachdem ich Poloshirt und Gilet mit dem Rotkreuz-Logo trug, war es für Mauro eine Leichtigkeit, mich auf dem Flughafen zu finden. Mauricio – wie er mit vollem Namen heißt – ist ein kolumbianischer Rotkreuz-Kollege, der in Genf arbeitete. Er ist an sich IT-Experte, kennt sich aber auch in der Logistik aus, und war bereits in Haiti, im Iran und anderen Ländern. Zu zweit flog es sich deutlich entspannter weiter als alleine. Wir waren einander von Beginn an sympathisch.

---

[3] Daten der UNICEF Homepage (27.7.2015)

Nach dem Flug ging die Einreisekontrolle recht rasch vonstatten - die Gepäckausgabe hingegen leider nicht. Ich bekam zwar meine beiden Rucksäcke, Mauro aber nicht die seinen. Also mussten wir Zahnbürste, T-Shirts und Kleidung organisieren. Der Wermutstropfen dabei: In seinem Gepäck befanden sich auch zwei Satellitentelefone und sonst noch einiges an technischem Equipment. Als er mit dem Ausfüllen der Formulare am Lost-and-Found-Schalter fertig war, gab es dann ein nettes (nasses) Airport-Shuttleservice: 45 Minuten mit dem Schnellboot in die Stadt. Eine wirklich coole Sache, die zum Glück ohne Seekrankheit verlief.

Die ersten zwei Nächte verbrachten wir in einem Hotel, doch daran durften wir uns nicht gewöhnen. Da wir bereits am übernächsten Tag nach Kailahun verlegt werden würden, mussten wir uns bald von den dortigen Annehmlichkeiten verabschieden.

Am Abend gab es ein erstes Briefing mit J.P., einem sehr netten Teamleader, den ich bereits als Mitorganisator der Field School (eines Rotkreuz-Kurses) in Nepal kennengelernt hatte. JP ist einer von weltweit drei HEOPs (Head of Operations), die quasi 24 Stunden täglich, sieben Tage die Woche auf Abruf bereitstehen, um als Einsatzleiter für das Rote Kreuz weltweit im Krisenfall (Tsunami, Ebola, Erdbeben, . . .) in Einsatzgebiete zu fahren und dort mit dem Aufbau der Rotkreuz-Infrastruktur zur Hilfe für die Betroffenen zu beginnen. Der Mann war nicht nur kompetent, sondern auch noch sehr sympathisch und strahlte eine Ruhe aus, die mir die Nervosität nahm. Ich kam als erstes Mitglied des neuen Health Teams an, also jenes Teams, das sich um die Gesundheit, die Prävention und die Schulungen für die Bevölkerung kümmern sollte. Für den folgenden Nachmittag wurden drei weitere HelferInnen erwartet.

Die positive Meldung zum Schluss: Am Ende des Tages bekam Mauro tatsächlich doch noch sein Gepäck inklusive den Satellitentelefonen

Der erste Kontakt

Am ersten Morgen in Freetown wurden wir gleich gefordert. Wir trafen uns mit Desmond Lewis, einem der bekanntesten Kabarettisten von Sierra Leone, der ein Video mit den wichtigsten Aussagen zum Thema Ebola aufnehmen wollte. Hier war erstmals mein Know-how gefragt. Wir mussten ihm alles über Ebola, Ansteckungsmöglichkeiten und Symptome erzählen. Er stellte viele Fragen, um das Video realistisch gestalten zu können.

Die Übertragungswege von Ebola sind:

- *Zubereitung und Verzehr von Bushmeat: Man könnte das in Zentraleuropa mit Wildfleisch vergleichen – also etwa mit Rehen, Wildschweinen und Hasen. In Sierra Leone sind es eben Affen und Flughunde (eine große Fledermausart, die auf Englisch Fruitbats heißt). Es genügt bereits, das kranke Tier beim Kochen zu berühren und danach Kontakt mit Schleimhäuten wie Augen, Mund oder Nase zu haben, um sich anzustecken.*

- *Kontakt mit Körperflüssigkeiten von Erkrankten (Stuhl, Harn, Blut, Erbrochenes oder Sexualflüssigkeiten). Auch hier kommt es bei Berührung mit Schleimhäuten – etwa beim Entsorgen der Flüssigkeiten, ohne sich danach die Hände zu waschen – zur Infektion.*

- *An Ebola Verstorbene bilden die größte Gefahr für Gesunde. Wie auch bei uns in einigen Regionen werden Verstorbene daheim aufgebahrt, gewaschen und für das Begräbnis angezogen. Oftmals verabschiedet man sich von den Toten auch noch mit einer Umarmung. Stirbt jemand an Ebola, so ist die Virenlast, also die Anzahl der Viren im und auf dem Körper, extrem hoch. Eine Umarmung kann daher bereits tödlich sein, ein Begräbnis kann zwei Dutzend oder mehr neue Fälle verursachen.*

Die Erkrankung selbst ist durch Fieber, Kopf- und Gliederschmerzen, blutigem Erbrechen und ebenfalls blutigem Durchfall charakterisiert. Es stimmt jedoch nicht, dass das Blut – wie in sensationslüsternen US-Filmen –schwallartig aus Ohren und Nase schießt. Das fällt wohl in die Kategorie Special Effects à la Hollywood. Es ist vielmehr ein ständiger innerlicher Blutverlust, der am Ende zum Tod durch Organversagen führt.

Diese Informationen galt es nun an die Bevölkerung zu bringen. Zeitungen gibt es in Sierra Leone, wenn überhaupt, nur in der Großstadt. Der Anteil der Analphabeten an der Bevölkerung beträgt knapp 57% Prozent.[4] Damit war und ist die Informationsübermittlung nur mündlich in Form von Gesprächen, Liedern, Theaterstücken oder Ähnlichem, wie zum Beispiel Desmonds Video, sinnvoll möglich. Leider waren Kindergärten, Schulen und andere Bildungseinrichtungen schon seit geraumer Zeit geschlossen, weil viele Eltern Angst um ihre Kinder hatten. Auch der Unterricht an den Universitäten ist aufgrund des Versammlungsverbotes eingestellt worden. Somit stand die Ausbildung der Bevölkerung in einem Land still, das bereits zuvor ein niedriges Bildungsniveau aufgewiesen hatte. Dies war also der erste Kontakt mit unserem viralen Feind. Desmonds Video wurde wirklich gut. Er ist in seiner Heimat berühmt dafür, Hausfrauen zu verkörpern und als vermeintlicher Besserwisser seinem Publikum in Form von Sketchen wichtige Informationen zu vermitteln. Er freute sich über unsere Hilfe – überhaupt waren alle Menschen, die wir in diesen ersten Tagen trafen, sehr herzlich, sehr dankbar und äußerst hilfsbereit.

Natürlich stellten wir uns auch im Hauptquartier des Sierraleonischen Roten Kreuzes vor. Während unserer Einsätze sind die eigentlich Verantwortlichen die Leiter des lokalen Roten Kreuzes. Wir externen Spezialisten sollen vor allem den MitarbeiterInnen der örtlichen Rotkreuz-Stellen helfen und sie schulen. Ich

---

[4] Daten von der UNICEF Homepage (27.7.2015)

vergleiche es immer damit: Die Einwohner von zum Beispiel St. Pölten wären auch nicht erfreut, wenn viele HelferInnen aus verschiedenen Ländern kämen, um ihnen vorzuschreiben, was und wie sie gewisse Dinge ändern sollen, um ihre Lage zu verbessern. Es sieht aber anders aus, wenn lokale HelferInnen, ÄrztInnen und PflegerInnen den Menschen sagen, was am besten für sie wäre. So wie bei uns LehrerInnen, PolitikerInnen, StudentInnen und andere Personen freiwillige Rotkreuz-MitarbeiterInnen sind, ist es in jedem anderen Land. Die Infrastruktur mit Freiwilligen, die mehr oder weniger lokales Gewicht haben, besteht bereits.

Am Nachmittag machten J.P., Mauro und ich dann einen Spaziergang am Strand, der gut 100 Meter vom Hotel entfernt war. Da es kaum Tourismus in Freetown gab, war es einfach nur ein Strand, an dem ein paar Kinder Fußball spielten oder einige wenige Menschen im Meer schwammen. Es sollte der erste und letzte Besuch werden. Wir waren nicht im Wasser, sondern hingen jeder unseren eigenen Gedanken nach. Man fiel als Weißer dort natürlich auf, aber keiner störte sich daran. Und es bettelte auch niemand – solche Vorurteile entbehren jeder Grundlage. In Summe war es eine mentale Einstimmung auf das, was noch kommen würde, und es kam sehr bald.

Verstärkung und Anreise

Wie versprochen wurde am zweiten Abend unser Team durch Cobie, Liz und David vergrößert. Liz wurde von uns eigentlich nur „The Queen" genannt. Sie war eine reizende Britin, die von Sprache und Gestik „very british" und „very royal" war, dies aber auf eine sehr liebenswerte Weise. Cobie war eine Holländerin, die für die Briten arbeitete und, wie Liz, eine äußerst sympathische Hygienespezialistin war. David war ein IT-Kollege aus den USA, der uns noch sehr viel Freude bereiten sollte. Alle drei waren sehr einsatzerfahren. Nach einem gemeinsamen Abendessen zum Kennenlernen konnten wir am nächsten Tag nach

Kailahun aufbrechen. Beim Essen merkte man, dass Sierra Leone – zumindest beim Essen für Touristen – gar nicht so billig ist. Für eine Hauptspeise inklusive Wasser bezahlt man schnell einmal 10 US-Dollar. Es galt jedoch auch hier: Lokale, in denen man die Küche nicht kannte, oder die schon bedenklich aussahen, wurden lieber gemieden. Da blieben oft nur die Hotel-Restaurants übrig. Obwohl wir nicht die teuersten Lokale ausgesucht hatten, läpperten sich die Kosten zusammen.

Bis Kailahun waren es etwa 415 Kilometer, wobei wir bis Kenema – also die ersten 300 Kilometer – etwa vier Stunden lang auf asphaltierten Straßen unterwegs waren. Für die letzten 115 Kilometer benötigten wir allerdings noch einmal drei bis vier Stunden. Ab Kenema begannen wir auf Schotterstraßen zu fahren. Interessanterweise gab es nach Kenema einen Gesundheitscheckpoint, bei dem jeder, der nach Kailahun wollte, aussteigen und sich die Hände waschen musste. Grundsätzlich eine gute Sache, wichtiger wäre es jedoch gewesen, alle, die das Gebiet verließen, die Hände waschen zu lassen. Ich hoffe, das wurde ebenfalls durchgeführt. Zumindest wurde uns das dort gesagt. Körpertemperaturkontrollen wurden erst einige Zeit später eingeführt, ebenso Fragebögen zum körperlichen Befinden der Reisenden.

Als Transporter hatten wir leider nicht wie sonst Toyota Landcruiser, sondern Mietfahrzeuge mit einer etwas defekten Dämpfung, was besonders bei Schlaglöchern unangenehm war. Unterwegs gab es WC-Pausen auf offener Strecke, wobei man sich als Mann ja leicht tut. Die Damen verschwanden dann kurz hinter dem Wagen, da der Dschungel wegen allerlei Getier als potenzielle Latrine ausschied.

Wir fuhren also nach Kailahun und kamen schließlich im Hotel Luawa an, was übersetzt „Esel" bedeutet. Es war im Umkreis von 40 Kilometern das einzige Hotel und vor dem Ebola-Ausbruch mangels Kundschaft eigentlich geschlossen gewesen. Dann aber hatte sich dort das erste Hilfsteam eingemietet, schließlich auch Ärzte ohne

Grenzen (MSF – Médecins sans Frontieres)* und die Weltgesundheitsorganisation (WHO – World Health Organisation). Die KollegInnen aus dem ersten Team erzählten uns, wie sie zu Beginn noch selbst kochen mussten, erst nach einer Woche wurde für sie Frühstück gemacht und nach zwei Wochen auch Abendessen. Man hatte also irgendwann erkannt, dass sich auch mit den HelferInnen Geld verdienen ließ.

Das Hotel selbst war eine Bungalow-Anlage mit 30 bis 40 Zimmern, jedes mit einem Bett, einem Kühlschrank (der nicht funktionierte), einem Badezimmer mit Dusche und WC, jedoch ohne fließendes Wasser, dafür aber mit dem Luxus einer Klimaanlage. Letztere funktionierte jedoch nur dann, wenn der Notstromgenerator lief, was zwischen 18 und 8 Uhr der Fall war. Da es nicht wirklich viele Lebensmittel zum Einkühlen gab, wurde der Kühlschrank als Schrank verwendet, damit er wenigstens zu irgendetwas nützlich war. Ach ja, wir hatten auch einen Fernseher.

Um Duschen und Toiletten zu benutzen, brauchte man Wassereimer. Ursprünglich gab es pro Zimmer nur einen Eimer für beides gemeinsam. Also kauften wir uns auf dem Markt für einige Cent neue, sodass wir nun zwei hatten. Die wurden dann vertauscht, verschwanden vorübergehend, tauchten nach Urgieren wieder auf, um wieder zu verschwinden. Aber es gab eine normale Keramikschüssel, was bei Einsätzen den allerhöchsten Luxus darstellt. Das Wasser wurde übrigens aus den direkt neben dem Hotel liegenden Sümpfen geholt – ein Alptraum für jeden Hygieniker. Die Untersuchung auf Würmer nach diesem Einsatz würde noch interessant werden.

Oft werde ich gefragt, wie wir im Einsatz wohnen. Das kommt auf die Lage an. Sicher gibt es Einsätze, wo wir im Zelt schlafen, wenn die Infrastruktur zerstört worden ist und es keine sicheren Gebäude gibt. Es stört mich nicht im Geringsten. Wenn es aber um die Sicherheit des Teams und der Ausrüstung geht, werden auch einmal ein Haus oder ein Hotelzimmer angemietet. Dabei versuchen wir natürlich, keinen Cent an Spendengeld zu verschwenden.

In Haiti, beim Einsatz nach dem Erdbeben, schlief unser Team über Wochen in Zelten. Im Lager gab es Security, trotzdem konnte aus dem Zelt, das als Büro diente, ein Laptop verschwinden. Auch bei absperrbaren Alu-Boxen ist eben nicht alles sicher. Bei einem anderen Einsatz musste das Team der aufgebrachten Menge, die hungerte und Essen verlangte, erklären, dass es selbst nur Essen für sich hatte und nur für die Trinkwasseraufbereitung hier war. Beide Erlebnisse waren nicht lebensbedrohend, jedoch nervenaufreibend. Im Einsatz sind wir es gewohnt, sieben Tage die Woche bis zu zwölf Stunden pro Tag zu arbeiten. Dafür muss das Rundherum passen. Nach der Arbeit erschöpft ins Quartier zurückzukommen und dann auch noch etwas einzukaufen und zu kochen, ist schwer. Da haben Hotels schon einen Vorteil. Unsere Verpflegung müssen wir natürlich von unserem eigenen Geld bezahlen, dafür wird kein Spendengeld verwendet. Aber es ist allemal besser, als täglich selber zu kochen, und kostet oft nur einen Bruchteil dessen, was wir in Österreich dafür zahlen müssten. Daher war ich diesmal wirklich froh, in einem Hotel einquartiert zu sein, zumal in einem Gebiet, in dem jede Berührung, jeder Kontakt potenziell gefährlich sein konnte. Deshalb denke ich, dass jeder ein Refugium braucht, wo man abschalten und sich einfach sicher fühlen kann. Sicherheit ist eines der Grundbedürfnisse des Menschen. Mein Zuhause, meine Festung...

In Indonesien habe ich erlebt, wie es sich anfühlt, wenn dieses Gefühl fehlt oder verloren geht. Nachbeben gab es in Banda Aceh fast täglich, auch noch im Februar nach dem Tsunami 2004. Niemals werde ich das Gefühl in der ersten Nacht auf Sumatra vergessen, als es ein Nachbeben der Stärke 7,4 gab. Es war das bis dahin stärkste Nachbeben nach dem Tsunami. Wir schliefen im Zelt, da das Haus, das das Rote Kreuz gemietet hatte, noch vom ersten Team bewohnt wurde. Man liegt da, hat Angst und wartet auf die Flutwelle, weil man weiß, dass genau die beim letzten Mal gekommen ist und tausende Menschen mit sich gerissen hat. Man ist starr vor Schreck, wüsste auch nicht, wohin man laufen sollte ...

Was nun das Essen in Kailahun betraf: Es gab zum Frühstück Eierspeis, Brot, Butter, Kaffee oder Tee – ausreichend. Mittags etablierte das Hotel nach zwei Wochen (die immer gleichen) Spaghetti mit (der immer gleichen) Sauce aus Fleisch. Abends konnte man zu Beginn noch zwischen Huhn mit Reis, Huhn mit Avocado oder Avocado mit Reis wählen. Ab dem dritten Tag gab es dann wahlweise nur noch Huhn mit Reis oder Reis mit Huhn. Sieben Tage pro Woche für knapp vier Wochen. Makaber daran war, dass es immer nur Hühnerkeulen gab, nie Brust oder Flügel. Man sagte uns, dass diese in 50-Kilo-Boxen aus dem Ausland importiert wurden. Ob der Rest bei Fastfood-Ketten zu Nuggets verarbeitet wurde oder bei uns im Supermarkt landete, war nicht zu eruieren. Um Mangelerscheinungen vorzubeugen, gönnten wir uns Ananas und Kekse, lebten also sehr gesund.

Der für mich sehr erfreuliche Punkt: Es gab Cola Light – das klingt jetzt sehr banal, aber das gab es zum Beispiel bei meinem ersten Haiti-Einsatz 2011 nicht. Nur von Wasser zu leben, ist irgendwann fad, und da ich kein Bier, das es scheinbar weltweit gibt, trinke, suchte ich vergeblich nach Alternativen. Bei diesen Getränken kann man zudem sicher sein, dass die Flüssigkeit darin keimfrei ist. Bei den Wasserflaschen, die wir im Hotel gut gekühlt kaufen konnten, war manchmal der Ring bereits gebrochen, was auf eine Wiederbefüllung schließen ließ (bei Softdrinks war ein nochmaliges Befüllen fast unmöglich). Wir machten die Verantwortlichen öfter darauf aufmerksam, das war denen aber vermutlich egal.

Neuankömmlinge und Abschied

In den folgenden drei Tagen kamen einige neue Mitglieder an. Wir waren eine tolle internationale Truppe: Holland, Australien, später Schweden, Großbritannien, Kanada, Kolumbien und Finnland waren als Nationen vertreten. Und mittendrin war ich als Österreicher, nicht ganz unerfahren, aber weit weg von der Erfahrung der anderen. Trotz des zum Teil erheblichen Alters-unterschiedes – drei KollegInnen hätten meine Eltern sein können –, wurde ich voll integriert, meine Meinung wurde gesucht und geschätzt. Ich durfte viel lernen, aber auch viel geben.

Am ärmsten dran war unsere Public-Health-Statistikexpertin. Die einzigen Zahlen, die sie in den ersten zweieinhalb Wochen über Neuerkrankungen bekam, stammten von der Facebook-Seite des Gesundheitsministeriums von Sierra Leone.

Über deren Verlässlichkeit war nichts bekannt. Aber zu diesem Zeitpunkt hatten wir keine anderen Daten, da das Gesundheitssystem massiv überfordert war. Selbst jetzt, im Sommer 2015, gibt das Gesundheitsministerium beinahe täglich neue Zahlen heraus. Mit diesem zur Verfügung stehenden Material musste sie die Auswertungen machen und Berichte schreiben. Die Situation änderte sich langsam während des Einsatzes, nicht zuletzt, weil wir von Ärzte ohne Grenzen nach der Eröffnung ihrer Ebola-Station verlässliche Zahlen zu Neuerkrankungen, Todesfällen und Heilungen im eigenen Haus bekamen.

Unter den Neuankömmlingen war unter anderem auch Ferdinand. Der Finne war kein Mann der vielen Worte, aber ein Mann der großen Worte. Er war Psychosocial Support (PSS) – was einerseits nichts anderes als psychologische Unterstützung für das Team war. Andererseits bedeutete das auch Hilfe für die genauso betroffenen Leute und – besonders wichtig – die dutzenden ehrenamtlichen HelferInnen des Sierra-leonischen Roten Kreuzes. Ferdinand wollte versuchen ein sogenanntes PEER-System aufzubauen. Dabei handelt es sich um ein Netz von Rotkreuz MitarbeiterInnen, die neben ihrer regulären Arbeit und Ausbildung als Freiwillige zusätzlich noch eine Schulung in psychologischer Unterstützung bekommen. Auch ehrenamtliche MitarbeiterInnen

benötigen manchmal ein offenes Ohr. Dieses System haben wir in Österreich schon vor Jahren erfolgreich eingeführt.
Zeitgleich zu den Neuankünften reisten die KollegInnen vom ersten Team ab. Da wir hier so viele verschiedene Länder vereint hatten, gab es unterschiedliche Reisezeiten, was vieles – auch in Anbetracht eines akuten Mangels an Fahrzeugen – erschwerte. Aber irgendwie ging sich immer alles aus. Darin sind wir beim Roten Kreuz eben SpezialistInnen. Nach all diesen Rotationen bestand unser Team aus:

1 Team Leader (Kanada)
4 Hygiene/Health-SpezialistInnen (1 Österreicher, 1 Britin,
                                        1 Finnin, 1 Holländerin,)
1 Logistiker (Kolumbien)
1 IT-Spezialist (USA)
1 Epidemiologin (Kanada)
1 Psychologische Fachkraft (Finnland)

Aufgabenverteilung

Ein Teil unserer Arbeit bestand in den bereits erwähnten Schulungen von Multiplikatoren. So nennt man Menschen, die ihr Wissen dann wieder an viele andere Menschen weitergeben. Dazu zählten LehrerInnen, PriesterInnen, Kaufleute und andere. Zu unserer Kernkompetenz zählten aber auch folgende Tätigkeiten:

- Ausbildung von Tracern: Diese sollten die Familie von Erkrankten drei Wochen lang begleiten und protokollieren, ob irgendjemand krank geworden war. Danach sollte bei Symptomfreiheit keine Gefahr mehr bestehen. Es war ein Job, der nicht wirklich Freude machte, war eine etwas ungeliebte Arbeit mit einem gewissen Risiko. Auch für diese MitarbeiterInnen versuchten wir psychologische Hilfe auf die Beine zu stellen. Sollte also bei einem der Tracer

Redebedarf bestehen, würden ihnen KollegInnen zur Unterstützung zur Seite stehen. Am Beginn gab es in unserem Bezirk aufgrund der unklaren Situation etwa 400 ausgebildete Tracer – aber keinerlei Listen, wer besucht und überwacht werden sollte. Eine verzwickte Situation... Andererseits konnten sich so unsere KollegInnen vom Roten Kreuz auch anderen Aufgaben widmen. Es sollte gute zwei Wochen dauern, bis die Informationen vom Ministerium halbwegs flossen. Schnell geht in solchen Situationen meistens nichts. Natürlich sind alle bemüht, aber ebenso rasch sind Menschen überfordert. Außer den nicht immer funktionierenden Mobiltelefonen gab es keine Verbindung zur Hauptstadt oder nach Kenema, der nächsten größeren Stadt. Auch hier mussten wir auf die Informationen von Ärzte ohne Grenzen zugreifen. Wir bekamen PatientInnendaten, anhand derer wir Tracer zu den Familien schicken konnten, um die Epidemie einzugrenzen.

- Theater- und Gesangsgruppe: Was wie ein netter Zeitvertreib klingt, war in Wahrheit eine Gruppe von etwa fünfzehn vorwiegend jungen Rotkreuz-MitarbeiterInnen, die einerseits viele kleine Sketche zum Thema Ebola ausarbeiteten und zum Beispiel auf dem Markt halb illegal (es herrschte immer noch ein Versammlungsverbot) aufführten. Andererseits entwickelten sie auch einige Lieder, um wichtige Informationen über Ebola bei Events zu verbreiten. Sie machten ihren Job wirklich gut und wurden sogar in den örtlichen Radiosender eingeladen. Ganz stolz sangen sie dort und machten auch erste Erfahrungen als RadiomoderatorInnen, als sie Telefonanfragen zum Thema Ebola beantworteten. Sie traten sehr selbstsicher auf und hatten großen Spaß dabei. Die Radiosendung konnte im ganzen Bezirk empfangen werden und wurde mehrmals wiederholt. Noch Tage später war es das Gesprächsthema in Kailahun.

- Dead Body Management: Das war eine neue Aufgabe, die wir angehen mussten. Es sollte Teams geben, die die Toten abholten, desinfizierten und begruben. Ein weiteres Team war dafür verantwortlich, das betroffene Haus mit Chlorlösung auszusprühen. Auch hier mussten wir dafür sorgen, dass die Menschen in den Dörfern aufgeklärt wurden. Sie hatten Angst, viel Angst . . . Es würde schwer werden, aber es war machbar. Nachdem die Aufteilung im Team schon vollzogen worden war, fiel das Dead Body Management mir zu.

Ich würde es nicht selbst durchführen, irgendwo waren auch meine Grenzen, aber die KollegInnen vom lokalen Roten Kreuz und ich mussten etwa zehn bis zwölf Freiwillige suchen, die wir dafür trainieren konnten. Das hieß für sie, sich täglich neu in Gefahr zu begeben, täglich mit dem Virus zu tun zu haben und auch Stigmatisierung zu erfahren. Es gab tatsächlich Mitarbeiter (es meldeten sich nur Männer), von denen sich Freunde abwandten, weil sie Angst hatten. Ein Mitarbeiter durfte nicht mehr bei seiner Familie daheim wohnen. Trotzdem fanden sich insgesamt vierzehn Freiwillige.

Meine Aufgabe war es, für die Sicherheit meiner Dead Body Manager zu sorgen. Dies begann mit der richtigen Ausrüstung, ging in die richtige Schulung über und endete mit der psychologischen Betreuung. Nachdem Ärzte ohne Grenzen sich zu Recht rühmte, bis dato noch keine MitarbeiterInnen durch Ebola verloren zu haben, schaffte ich es mit etwas Überredungskunst, dass Sebastian, der Hygienespezialist von Ärzte ohne Grenzen, und Joseph, der Spezialist der WHO für Dead Body Management, gemeinsam mit mir das Training gestalteten.

Warum hatte Sebastian gezögert? Es lag nicht am Konkurrenzdenken, sondern an der Angst unserer Mitarbeiter. Man muss dazu sagen, dass Joseph bereits ein Team für das Gesundheitsministerium ausgebildet hatte, führte und supervisierte. Nun war folgendes passiert: Der Staat Sierra Leone hatte das Sierra-leonische Rote Kreuz gebeten, ins Dead Body Management einzusteigen und zu helfen. Dieses hatte – natürlich nicht sehr glücklich, aber doch – die Aufgabe übernommen. Es galt nun, die bestehenden Teams des Gesundheitsministeriums mit den neuen auszubildenden Rotkreuz-Teams zu verschmelzen. Bei den alten Teams bestand folgendes Problem: Sie zogen jedes Mal, wenn sie aus dem Spital von Ärzte ohne Grenzen einen Leichnam abholten, Schutzkleidung an. Man kann jetzt natürlich sagen: „So soll es ja sein." Trotzdem war es in diesem Fall anders.

Nehmen wir an, in der Ebola-Station starb ein Mensch. Ein Team besprühte den Leichnam mit Chlorlösung, da dieser eine hohe Anzahl von Ebola-Viren am Körper aufwies. Danach wurde er in einen Leichensack, der aus festem Plastik besteht, reingepackt, der zuvor ebenfalls mit Chlorlösung besprüht worden war. Anschließend wurde dieser verschlossen, noch einmal mit Chlorlösung besprüht und in einen zweiten Sack gegeben, der genauso vorbehandelt worden war. Nachdem auch dieser zweite Sack verschlossen war, wurde dieser ins Leichenhaus gebracht. Wenn nun die Dead Body Manager kamen, wurde der Sack in der Hütte mit Chlorlösung besprüht, nach draußen getragen, abermals besprüht, auf eine Trage gelegt, die sofort danach abgesprüht wurde. Im Anschluss wurde die Trage etwa fünf Meter nach draußen auf die andere Seite des Zaunes getragen – quasi in die Ladezone. Die Trage wurde abgestellt und neuerlich mit Chlorlösung abgesprüht. Danach übernahm unser Team den Leichensack – und die erste Handlung war es, ihn abermals abzusprühen. Erst dann wurde er auf die Ladefläche eines Pick-ups gehoben und noch einmal mit Chlorlösung besprüht.

Die Leichensäcke waren sehr stabil und wasserundurchlässig. Somit lag die Chance für unsere Mitarbeiter, sich an diesem Sack mit Ebola zu infizieren, nur im mathematisch zwar möglichen, aber unwahrscheinlichen Bereich. Trotzdem bestand das erfahrene

Team darauf, PPE – also volle Schutzkleidung für den Körper – zu tragen. Natürlich konnte man dem zustimmen, weil es einfach ein Gefühl von Sicherheit bot. Leider aber herrschte ein arger Mangel an Schutzkleidung. Wir mussten diverse Organisationen als Bittsteller abklappern, um PPE zu bekommen. Dementsprechend war es kompliziert, den Kollegen klarzumachen, dass es in diesem Fall eine Verschwendung von Ressourcen – wohlgemerkt nicht von Geld, sondern nur von sehr limitiert erhältlichem Material – war. Eigentlich hätten unsere Leute diese Leichen auch nur in Schürze und Handschuhen begraben können.

PPE, also Personal Protective Equipment, ist eine Ausrüstung, die zuverlässig vor Ansteckungen schützt. Neben einem Overall mit Kapuze oder Schutzhaube besteht sie aus einer speziellen Atemmaske, die auch kleinste Partikel filtert, und einer Schutzbrille, die entfernt ans Skifahren erinnert. Als Schutz für die Füße dienen Gummistiefel und für die Hände gibt es ein paar medizinische Handschuhe. Darüber kommt dann ein zweites Paar Handschuhe, das je nach Einsatzkontext entweder sehr dick, für Handwerker, oder steril – zum Beispiel im Operationssaal – ist. Das Material des Overalls entspricht je nach Qualität und Preis zum Teil unseren Regenjacken, weshalb ein Arbeiten darin zeitlich nur sehr begrenzt möglich ist. Länger als 45 Minuten durchgehender Arbeit sind kaum möglich.

Wovor sich die Dead Body Manager fürchteten, war aber gar nicht so sehr Ebola, sondern, von anderen erkannt zu werden. Dies war insofern bemerkenswert, als das Team auf einem Pickup sitzend ins Spital von Ärzte ohne Grenzen kam – und zwar ohne Schutzkleidung –, sich dann erst anzog, die Leichen begrub und sich am Ende vor der Tür der Ebola-Station wieder auszog – wo sich immer 50 bis 100 Personen aufhielten: Familienangehörige, Arbeitssuchende, Schaulustige. Mit dem Inkognito war es also spätestens beim Ausziehen der PPE vor allen Leuten vorbei.

Genau aus diesem Grund war der Kollege von Ärzte ohne Grenzen skeptisch, was den Gastunterricht anging. Er meinte, dass es eben nicht die Philosophie seiner Organisation sei, bei dieser Art von Begräbnissen volle Schutzkleidung zu tragen, und das wollten sie auch nicht vermitteln. Trotzdem halfen sie uns am Ende.

Verliebt in den Kollegen

David, der US-Kollege Ende Fünfzig, erwies sich als sehr sympathisch. Nicht zuletzt, weil das Amerikanische Rote Kreuz und damit er der Mission Gratis-Internet zur Verfügung stellte. Dazu gab es eine Satellitenschüssel, mit der wir einen Breitband-Internetzugang hatten, den einzigen im Umkreis von gut 60 Kilometern. Somit konnten wir Kontakt mit der Heimat aufnehmen und hatten Zugang zu aktuellen Daten. Das Lustige an David: Von den hunderten Fotos, die wir im Laufe der Mission geschossen haben, ist auf keinem einzigen sein Gesicht zu sehen. Es gibt zwei Fotos, auf denen er ruht, aber mit seiner Kappe auf dem Gesicht. Er hatte etwas Mysteriöses an sich – ähnlich dem Nachbarn Wilson in der amerikanischen Fernsehserie „Hör mal, wer da hämmert", und ich mutmaßte im Scherz, David gehöre irgendeinem Geheimdienst an. Die einzigen Infos, die wir über ihn bekamen, waren, dass er so weit nördlich in den USA wohne, dass sein dritter Nachbar schon Kanadier sei.

Mein größter und lustigster Fauxpas war folgender: Wir hatten ein kleines zusätzliches Notstromaggregat, damit wir das Internet auch tagsüber, wenn es keinen Strom gab, nutzen konnten. Die Abkürzung auf Deutsch lautet NSA. Man kann sich Davids Gesicht vorstellen, als ich ihn fragte, wo das NSA sei und ob er Hilfe dabei brauche. Die Erklärung mit der Abkürzung nahm er mir nicht wirklich ab. Auf jeden Fall war er für uns Mr. Internet, und wir liebten ihn dafür. Das Passwort für den Internetzugang lautete treffend „ThxAmRedcross", damit es auch ja keiner vergaß. Teilweise wurde das Internet auch für die WHO und Ärzte ohne

Grenzen freigegeben. Im Einsatz versucht jeder, jedem zu helfen. Nur hier bei uns in Europa herrscht ein Wettbewerb um die Spendengelder, weil natürlich jeder Geld für die eigenen Einsätze benötigt. Doch hier in Sierra Leone waren wir ja alle aus demselben Grund im Einsatz.

In der Zwischenzeit hatte ich auf Ö3 mein erstes Interview im Radio gegeben. Dies war meine erste Erfahrung mit der Presse in diesem Einsatz. Nach dem Schneiden klang mein Satz dramatischer, als es zu diesem Zeitpunkt zu sein schien. Die Telefonverbindung war miserabel, und ich wusste damals – auch aufgrund von wenig bekannten Zahlen – nicht genau, was ich sagen sollte. Zu hören war etwas in der Art: „Die Fälle sind stark angestiegen."

Der ursprünglich Satz hatte gelautet: „Es gab auch schon vorher Ebola, aber eben nur zwei oder drei Fälle, im Vergleich dazu sind die Fälle jetzt angestiegen." Die Routine im Umgang mit Medien sollte ich aber in den folgenden Monaten bekommen.

Ich muss leider ehrlich zugeben, dass ich mich, was die Größe und die Gefahr dieses Ausbruches anging, leider getäuscht hatte. Ich konnte das dramatische Ausmaß damals noch nicht erahnen. Es war mir aber auch wichtig, keine Panik in Europa zu verbreiten.

Die Interviews, in denen ich damals gesagt habe, dass für uns kaum Gefahr bestehe, haben sich allerdings als wahr herausgestellt – im Gegensatz zu den Zahlen und Hoffnungen für Westafrika. Anfang Juli 2014 schrieb mich eine Kollegin, die auch immer wieder einmal für das Rote Kreuz, die UNO oder sonstige Organisationen arbeitet, aus Liberia an und bat mich um Informationen bezüglich Ebola. Diese gab ich ihr gern und meinte, dass ich nicht hoffte, dass Ebola in Liberia ein großes Thema sein würde. Es gibt Tage, da wünscht man sich als Arzt, man möge sich täuschen, und es gibt Tage, da möchte man Recht behalten. Hier wurde meine Hoffnung nicht erfüllt.

Das Interview mit Ö3 wurde aufgenommen, während unsere Theatergruppe spielte. Sie hatte drei verschiedene Szenen einstudiert, in denen alle wichtigen Informationen aufbereitet worden waren. Durch das Interview hatte ich sie aus den Augen verloren und war kurzzeitig „lost in Kailahun". Aber die Menschen zeigten mir den Weg. Überhaupt muss ich sagen, dass ich während des Einsatzes in Sierra Leone niemals Angst hatte, weder vor der Krankheit noch vor den Menschen dort. Wir wurden überall mit einer Herzlichkeit willkommen geheißen, die man in Europa nicht oft findet, und die Bevölkerung freute sich über unsere Hilfe. Die Theaterauftritte auf dem Markt mussten allerdings stark reduziert werden, da die Regierung ein offizielles Versammlungsverbot verhängt hatte und die Polizei ob unseres Erscheinens unruhig wurde. In Moscheen und Kirchen wurde dieses aber herzlich wenig beachtet. Da gab es dann die Ausnahmen.

Der Imam im CAR Center

Zu unseren Aufgaben zählte vor allem die Schulung sogenannter Multiplikatoren. Wir suchten also Menschen, die unseren Nachrichten und Informationen die größte Aufmerksamkeit sicherten. Dazu gehörten die „Mami Queens", die Leiterinnen der Frauenorganisationen, und natürlich religiöse Oberhäupter. Eines der vermutlich wichtigsten Treffen war jenes im CAR Center mit mehr als 50 Imamen, Pastoren und Priestern. Sie alle kamen zusammen, um sich von uns – dem unparteiischen Roten Kreuz – über Ebola informieren zu lassen.

Der geneigte Leser fragt sich jetzt vermutlich: Was ist CAR? Diese Abkürzung steht für Children Advocacy and Rehabilitation Center, das bis zu 150 ehemaligen Kindersoldaten und auch Kindern, die keine Chance hatten, in die Schule zu gehen, für jeweils ein Jahr die Möglichkeit gab, lesen und schreiben zu lernen, außerdem nähen, schreinern, Stoff herstellen ... Alles in allem eine tolle Einrichtung des lokalen Roten Kreuzes, die von Nancy, einer resoluten, aber sehr netten Dame geführt wurde. Jeder Lehrer war gleichzeitig auch Ansprechpartner für die Kinder und hatte eine spezielle psychologische Ausbildung. Kinder des Krieges in ein halbwegs normales Leben zu integrieren ist eine schwere, aber lohnende Aufgabe.

Die religiösen Oberhäupter waren eine wichtige Quelle für den Informationsaustausch. Man muss auch sagen, dass Sierra Leone im Hinblick auf die Religion ein sehr interessantes Land ist. 70 Prozent Muslime und 30 Prozent Katholiken zeigen, dass ein Miteinander durchaus möglich ist. Es gibt einen Sprecher, der im Namen ALLER Religionsvertreter spricht. Ist der Bürgermeister Muslim, ist automatisch der Vize christlich und umgekehrt. Es war und ist ein vorbildliches Miteinander hier, Respekt von und auf allen Seiten, wirklich einzigartig. Das Rote Kreuz lud alle Gruppen ein, und es kamen auch alle – sogar um zehn mehr als eingeladen. „Das Rote Kreuz war die erste Organisation, die die religiösen und spirituellen Oberhäupter kontaktiert hat", erklärte der Religionssprecher. Ob vom Minarett, von der Kanzel oder wo auch immer konnte man alle wichtigen Informationen schön weitertragen. Die wichtigsten Dinge wurden den Religionsvertretern mit auf den Weg gegeben:

- *„Esst keine toten Tiere, die Ihr findet."*

- *„Vorsicht vor von Tieren angebissenen Früchten."*

- *„Achtung bei allen Körperflüssigkeiten."*

- *„Vorsicht bei allen Dingen, die ein Kranker angefasst hat."*

- *„Berührt niemanden, der potentiell krank ist."*

Am Ende der Schulung bat erstmals Ferdinand, unser finnischer Kollege, ums Wort. Er hatte den Vorträgen und Diskussionen kommentarlos gelauscht. An sich war er kein extrovertierter Redner – anders als ich. Worüber Ferdinand sprach: Bei all der

Aufklärung fehlte bis dahin, dass es auch Hoffnung gab. Ja, es starben einige Menschen. Wichtiger aber: Es überlebten auch Menschen, und darauf musste man sich konzentrieren. Denn Fatalismus konnte wirklich tödlich sein. Leute, die keine Hoffnung haben, bleiben daheim, weil sie ohnehin sterben werden, stecken damit eventuell die übrige Familie an, und eine ganze Familie wird ausgelöscht. Sagt man den Menschen aber, dass die Heilungschance umso größer wird, je früher sie Hilfe im Spital bekommen, dann hoffen sie, gehen tatsächlich hin, die Familie überlebt und der Patient vielleicht auch. Wir versuchten nicht, es schönzureden oder zu übertreiben. Aber wir erzählten, dass 17 Personen bis dahin in Guinea bereits überlebt hatten. Das 75 Prozent aller an Ebola Infizierten, also die anderen fünfzig PatientInnen, gestorben waren, wussten ohnehin alle – und wollten es auch nur bedingt hören.

Genau das brachte Ferdinand in einer Art Tornado aus positiven Gefühlen auf den Punkt. Er sprach damit vielen aus der Seele, redete über die Angst der Menschen, die Stigmatisierung von Kranken, Angehörigen und Überlebenden. Er sprach auch von den vielen Toten, um dann nahtlos zu den Überlebenden überzugehen. Plötzlich erzählte er von der Hoffnung auf ein Überleben, auf Hilfe und darüber, dass nicht alle sterben würden. Er redete darüber, dass wir nach vorne schauen und uns mit den Menschen freuen sollten, die noch gesund oder wieder gesundet waren. Seine Art war ansteckend, und am Ende bedankten sich die Männer speziell bei Ferdinand, den sie von da an nur noch Mr. Hope nannten.

Informationen, Diskussionen und Beantwortung aller Fragen dauerten das alles knapp fünf Stunden, und alle Parteien verließen am Ende das CAR Center mit dem Versprechen, die Informationen über die Krankheit zu verbreiten. Es gab auch gemeinsame Radioauftritte von Vertretern aller Religionen. Damit wurde eine der wichtigsten Quellen zur Informationsweitergabe angezapft.

Dass die Informationen ankamen, erfuhren wir eine Woche später, Am Sonntag waren wir in der Adlan Church, wo vor der

Predigt Titus und Surbey, unsere Jugendrotkreuz-Leiter, eine Aufklärungsstunde hatten. Während der Predigt saßen wir als „Ehrengäste" in der ersten Reihe. Der Priester predigte sehr lautstark und voller Inbrunst. Dass er dabei mich fixierte und hypnotisierte, ließ mich etwas verängstigt zurück - zumal ich in Kreol nur so jedes sechste Wort verstand und die Lautstärke etwas bedrohlich war. Ich setzte meinen „Ich war das wirklich nicht"- Blick auf und überstand alles ohne psychischen Schaden, der Priester auch. Beim Heimfahren kam uns eine Menschenmenge entgegen, 50 Leute, Ebola- Lieder singend, und ganz hinten mit den Priestern. Also eine wirklich tolle Reaktion nach unseren Trainings...

Ähnliche Veranstaltungen wurden neben den bereits erwähnten Frauengruppen auch PolizistInnen und anderen NGOs abgehalten. Eine weitere Schulung gab es bei den Motorbikern auf dem Markt. Da wir vorwiegend die KollegInnen vom lokalen Roten Kreuz lehren lassen wollten, hielten wir uns selbst möglichst im Hintergrund und waren nur bei Fragen da. Dies hatte nichts mit Faulheit zu tun, sondern damit, dass die KollegInnen auch weitermachen mussten, wenn wir schon lange wieder zurück im kühlen Norden waren. Nach fünf Minuten etwas abseits hatte ich in Nullkommanichts eine Art Konkurrenz-Veranstaltung am Laufen. Erst fragte ein Security-Mann, dann ein anderer, und am Ende waren es etwa acht bis zehn Leute, die laufend mehr oder weniger wurden, kamen und wieder gingen. Es war nett, und die Leute hungerten sichtlich nach Information.

MSF

Ärzte ohne Grenzen (MSF) ist eine Organisation, die seit mittlerweile 20 Jahren Erfahrung mit Ebola hat. In Kailahun plante MSF, ein Ebola Treatment Center zu eröffnen. Dieses sollte mit 65 Betten die (bis zu diesem Zeitpunkt) größte je errichtete Ebola-Klinik werden. Nun möchte man glauben, dass jeder froh darüber war, ein Spital speziell für Ebola-Kranke im Ort zu haben, sparte man sich doch die mindestens zweistündige Reise nach Kenema. Aber betrachten wir es einmal von der anderen Seite: Wer möchte mitten in Wien, am besten direkt beim Bahnhof Landstraße, ein neues Ebola-Center haben? Mit der Argumentation, man erspare sich die zweistündige Fahrt nach Graz, wäre man auch hier auf verlorenem Posten. Warum Menschen Angst vor Ebola beziehungsweise dem Ebola-Center hatten, ist leicht erklärt. Über die Entstehung dieses Ausbruches gab es verschiedene Verschwörungstheorien:

- Hexerei oder das gezielte Verbreiten durch Hilfsorganisationen, um dann mit und an den Menschen viel Geld zu verdienen – diese Thesen hört man in ähnlicher Form in fast jedem Einsatzgebiet. Es war auch in Haiti oder beim Einsatz meiner Frau in Pakistan so.

- Die Regierung habe das Virus in Umlauf gebracht, um die Opposition zu schwächen. Dazu muss man wissen, dass diese im Osten von Sierra Leone seit jeher stark war, auch schon vor dem Bürgerkrieg. Daher kommen die Skepsis und die Angst vor der Regierung in Freetown und das Vorurteil, dass Ebola durch diese in Umlauf gebracht worden war.

Auch Lösungsmöglichkeiten gab es viele:

- Militärische Isolation: Ein Aushungern der betroffenen Gebiete wurde teilweise ernsthaft diskutiert. Eine Einmischung der Armee hätte aber aufgrund der Geschichte des Landes und der Spannungen zwischen der Regierung und der Opposition zum neuerlichen Bürgerkrieg führen können.

- Aufbau einer medizinischen Infrastruktur: Dies wurde versucht, aber in Summe fehlte es allen Organisationen einfach an geschultem und vor allem freiwilligem Personal.

- Aufklärung, Aufklärung und Aufklärung – das waren unsere drei Säulen. Ärzte ohne Grenzen war gut darin, Menschen zu kurieren und zu betreuen. Die Rotkreuz-Arbeit aber bestand darin, Neuinfektionen zu verhindern.

Für uns war es wichtig und gut, unsere Grundsätze zu haben. Die Unparteilichkeit ist im Einsatzfall einer der wichtigsten und hat uns schon in mehreren Ländern geholfen. Banda Aceh zum Beispiel war eigentlich Rebellengebiet gewesen. Dennoch durften wir nach dem Tsunami als eine von nur drei NGOs auch außerhalb der Stadt arbeiten – unseren Grundsätzen sei Dank. Auch in Kailahun vertraute man uns.

Wegen der vielen Ängste in der Bevölkerung vor dem Ebola-Center musste sich Anja, die deutsche Chefin von Ärzte ohne Grenzen vor Ort, auch in Kailahun alles erst erkämpfen. Ihre Organisation bekam schließlich am äußersten Dorfrand ein Urwaldgebiet zugesprochen, das mehr als 100 MitarbeiterInnen drei Tage lang roden mussten. Danach begannen die zehntägigen Bauarbeiten. Die Errichtung eines Ebola-Centers klingt zwar gut, aber man darf sich dies alles nur als Zeltstadt vorstellen. Es gab freilich ein präzises System, was wo zu stehen hatte, aber keine gemauerten Häuser. Was man fand war jedoch eine Umzäunung, aber nicht um jemanden drinnen zu halten. Die Umzäunung war nicht nur wegen der wilden Tiere notwendig, sondern auch wegen der Kinder. Die Bereiche, für die man Schutzkleidung brauchte, mussten genau gekennzeichnet werden. Es ging schließlich um die Sicherheit aller.

Die Eröffnung in Kailahun wurde aber sehr schön zelebriert. Politiker jeden Ranges, andere NGOs – nicht zuletzt wir vom Roten Kreuz – und auch religiöse Oberhäupter kamen, um sich das Ebola-Center, das am nächsten Tag in Betrieb gehen sollte, anzusehen. Mir als altem Wasserexperten ging das Herz auf angesichts der Infrastruktur, der Latrinen und der Wasserversorgung. Ärzte ohne

Grenzen hatte tolle Arbeit geleistet. Da ja noch nicht eröffnet, konnten wir alle Einrichtungen begehen und es wurde bereits wieder an allen Ecken und Enden an der Vergrößerung des Lagers gearbeitet. Anja war bei der Präsentation voll in ihrem Element, schien aber auch am Ende ihrer Kräfte. Und so festigte ich an diesem Abend die deutsch-österreichische Freundschaft mithilfe von Manner-Schnitten. Sie hat sich sehr darüber gefreut.

Ärzte ohne Grenzen hatte auch eine Psychologin dabei, die sich um die PatientInnen und deren Angehörige kümmern sollte. War man zu Beginn noch enthusiastisch, wurde man leider nach zwei Wochen von der Wahrheit eingeholt: Von den ersten 45 PatientInnen starben 44. Dies war verständlicherweise eine schwierige Situation für alle HelferInnen im Ebola-Center. Nachdem nach etwa zwei Wochen der erste Patient als geheilt entlassen werden konnte, gab es einen spontanen Freudentanz bei der täglichen Morgenbesprechung. Dort trafen sich jeden Morgen Mitarbeiter von WHO, Ärzte ohne Grenzen, Rotem Kreuz, Bürgermeister, Bezirksräte, religiöse Leiter und Vertreter der wichtigen Gruppen. Es waren täglich um die 50 Personen, und irgendwann Anfang Juli durften sie dann alle tanzen. Die von Ferdinand so sehr herbeigesehnte Hoffnung keimte in den Menschen auf, und erstmals hatten alle das Gefühl, an einem Strang zu ziehen und tatsächlich etwas zu bewirken. Freudentränen standen in den Gesichtern.

Ärzte ohne Grenzen war in der Behandlung federführend, wir vom Roten Kreuz waren es in der Prävention. Eines Abends hatte ich ein schönes Gespräch mit einem MSF-Mitarbeiter aus Oslo. Ich sprach ihm meine Bewunderung für seine Arbeit aus: Tagtäglich in diesem Zentrum mit höchstem Ansteckungsrisiko zu arbeiten, sich um all diese kranken Menschen zu kümmern, war bewundernswert. Er meinte nur lapidar: „Ihr seid doch diejenigen, die die Seuche verhindern und sie kontrollieren, wir versuchen, dem Rest zu helfen." So zollte man einander gegenseitig Respekt bei einem abendlichen Cidre.

Weil die Sicherheitsvorkehrungen bei ihnen sehr genau waren und laufend aktualisiert wurden, lag die Ansteckungsrate bei den MitarbeiterInnen bis dahin bei Null. Für mich waren sie alle Helden, wobei man sie nicht einmal *stille* Helden nennen kann. Hinter unseren beiden Organisationen stehen zwei aus meiner Sicht mehr oder weniger unterschiedliche und doch gleiche Philosophien. Ärzte ohne Grenzen wurde 1971 von ehemaligen Medizinern unter anderem des Roten Kreuzes gegründet. Sie wollten einerseits helfen, andererseits aber auch auf Menschenrechtsverletzungen aufmerksam machen. Inzwischen hat sich diese Organisation als sehr schnell reagierend und sehr laut agierend etabliert. Durch ihre Größe wird sie auch gehört und darf auch schreien, wenn Menschen leiden. Die Truppe hilft in medizinischen Bereichen, quasi als Schnelleingreiftruppe, und kann aus dem Nichts ein Krankenhaus oder Ähnliches zaubern. Aus meiner Sicht sind Ärzte ohne Grenzen im Kampf gegen Ebola und bei anderen Katastrophen unverzichtbar und sehr wichtig. Was in ihrem schnellen Eingreifen nicht immer mit eingeplant ist, ist die Nachhaltigkeit. Es wird vor Ort immer Personal rekrutiert und eingeschult. Ist der Einsatz aber beendet, wird meines Wissens die Struktur nicht am Leben erhalten, sondern zum Beispiel dem zuständigen Ministerium des Landes übergeben. Dieses ist aber damit oft überfordert, und dann kann es schon einmal passieren, dass das auch das Aus für die jeweilige Einrichtung bedeutet. Aber meines Wissens stellt Ärzte ohne Grenzen auch keinen Anspruch auf Nachhaltigkeit – zumindest nicht im gleichen Maße wie wir.

Das Rote Kreuz hat seine sieben Grundsätze: Menschlichkeit, Unabhängigkeit, Neutralität, Universalität, Freiwilligkeit, Einheit und Unparteilichkeit. Uns ist wichtig, neutral zu bleiben und deshalb mit Kritik von unserer Seite sehr vorsichtig umzugehen. Das mag von manchen als zu passiv empfunden werden, ist aber das Ticket für Verhandlungen und Interventionen in vielen sehr schwierigen Gebieten der Erde. Wir besuchen Gefangene und versuchen die Einhaltung der Genfer Konventionen durchzusetzen, wir treten aber auch anders gegenüber diversen Behörden auf.

Auch wir haben unsere ERUs (Emergency Response Units) – also unsere Schnelleingreiftruppen. Unsere Projekte zielen aber von Beginn an neben der Akutbetreuung auf mittel- und langfristige Hilfe ab. Wir arbeiten mit unseren lokalen Rotkreuz-Gesellschaften zusammen. Daher ist es für uns auch leichter, nach dem Ende der Akutphase die Projekte durch die nationalen Rotkreuz-VertreterInnen weiter betreuen zu lassen. Wir ExpertInnen aus Österreich werden besonders für die fachliche Kompetenz im Trinkwasser- und Hygienebereich geschätzt.

Auch unsere SpezialistInnen für Telekommunikation sind immer wieder auf Missionen unterwegs.

Wie man sieht, ist die „Exit-Strategie" – also die Möglichkeiten, wie man einen Einsatz beenden kann – bei den beiden Organisationen unterschiedlich. Beide haben ihre Hintergründe und ihre Berechtigungen, aber auch ihre Eigenheiten.

Das Training

Es war also an mir, einen Trainingsplan zu erstellen, der den Umgang mit der PPE, den Umgang mit Toten aus dem Ebola-Center sowie mit denen, die von zuhause geholt wurden, und auch die Desinfektion ihrer Häuser beinhaltete. Ich hatte etwas in dieser Art noch nicht gemacht, aber durch meine Erfahrung mit Cholera kannte ich die heikelsten Punkte, und nach der Erstellung des Trainingsplanes ging ich diesen sowohl mit unserem Team als auch mit Ärzte ohne Grenzen durch, um ihn abzusichern.

Ich lernte dabei leider auch eine wichtige Lektion, die das Projekt zunächst etwas in Gefahr brachte: Vor der Abreise des ersten Teams hatte mir der australische Kollege gesagt, wir hätten Schutzkleidung für etwa 1000 Personen. Diese wäre im bereits erwähnten CAR Center gelagert. Es gab dafür keine richtige Übergabe, und drei Tage vor dem Training wollte ich mir die Kleidung nun ansehen. Was ich vorfand, war ernüchternd und deprimierend: Die Schutzkleidung war den Namen kaum wert und bestand aus 1000 Einmalschürzen, ein paar Handschuhen und 30 Kilo Chlor, dazu ein paar OP-Kittel. Alles in allem waren wir also weit weg von einer funktionierenden PPE. Da Anzüge Mangelware waren, konnten wir auch nicht so einfach 14 Sets für unsere Auszubildenden organisieren. Ich war etwas verzweifelt, aber ich musste einfach eine Lösung zu finden. J.P. meinte dazu, es sei nicht ideal gelaufen, aber Fehler konnten nun einmal passieren. Da die Gefahr für mich, mit Ebola-Kranken direkt in Kontakt zu kommen, äußerst gering war, benutzte ich die PPE, die mir die KollegInnen in Wien mitgegeben hatten, für das Training. Ich hatte sogar 15 Garnituren mit, zu denen zwar die Gummistiefel fehlten, aber die konnten organisiert werden. Mit dieser Lösung konnten wir den Zeitplan einhalten und jeder Auszubildende bekam ein eigenes vollständiges Set, das fortan sein Trainingsmaterial werden sollte und mit seinem Namen versehen wurde. Freilich hatte meine Schutzkleidung Größe XXL, während die Jugendlichen alle so um die 1,75 Meter groß und schlank waren. Sie in der übergroßen PPE zu sehen, war schon lustig und erinnerte entfernt an Skater-Hosen.

Am ersten Tag des Trainings zeigte ihnen Ärzte ohne Grenzen, wie sie mit Leichen umgehen mussten und wie sie die Schutzkleidung anzogen und – noch wichtiger – korrekt wieder auszogen. Eine Sitzbank musste als Leiche herhalten. Sie wurde mehrmals mit Chlorlösung besprüht und war am Ende des Trainings vermutlich die sauberste Bank in ganz Westafrika. Nach der Mittagspause musste ich den Kollegen demonstrieren, wie viel Platz in einem Leichensack ist. Sie fragten, wie groß diese Säcke wären, und nachdem ich niemandem das Gefühl da drinnen zumuten wollte, legte ich mich selbst hinein und ließ den Sack schließen. Er war relativ geräumig und bequem. Am Nachmittag machten sie dann erstmals Bekanntschaft mit der PPE und übten fleißig den Umgang damit. Bevor es ans Anziehen ging, wurde das Dutzend in zwei Gruppen aufgeteilt und jeweils ein Team Leader gewählt. Dies war nötig, da die Gruppe als Ganze zu groß war und die Teams immer in diesem kleineren Rahmen operieren sollten. Der Team Leader war für die Organisation und die Überwachung des Teams zuständig. Er musste immer den Überblick haben und im Notfall den Einsatz abbrechen. Der Vorteil für ihn selbst: Er trug keine Schutzkleidung und hielt immer Abstand.

Einer der Team Leader war Alpha Kamara, ein junger Mann, der etwas stotterte, was aber nicht groß störte. Er leitete sehr gewissenhaft das erste Auskleiden seines Teams. Dieser junge Mann war sehr verlässlich und hatte verstanden, was ich von ihm wollte und warum dies alles so wichtig war. Wir sagten den Jungs von Beginn an, dass wir derzeit nicht alle zwölf Personen übernehmen könnten, sondern leider nur die Hälfte. In der Folge gaben sich viele schon im Training richtig Mühe. Irgendwann passierte dabei einer Kollegin, die unser Training fotografierte, ein „Hoppala": Es waren viele junge Männer und Frauen da, die ihren Freunden und Brüdern zuschauten und sie fotografierten. Auch sie hatten ihren Spaß damit, ihre Liebsten in dieser komischen Kleidung zu sehen. Nebenbei fragte die Kollegin die Umstehenden, ob sie die Fotos denn auf Facebook oder Twitter posten würden. Sie erntete nur fragende Blicke. „Naja, Social Media im Internet", versuchte sie es nochmals. Die Antwort machte sie etwas verlegen, denn ein Mädchen um die 16 Jahre meinte: „Wir haben hier weit und breit kein Internet, also weder Facebook noch Twitter." Mehr gab es nicht dazu zu sagen, und wir merkten wieder einmal, wie privilegiert wir waren.Am zweiten Tag wurde wieder mehrmals hintereinander die Schutzkleidung an- und ausgezogen. Der Nachmittag dieses Tages jedoch sollte uns allen in Erinnerung bleiben...

Acht Gräber

Die erste Gruppe der neuen Rotkreuz-Helfer kam mit uns und dem bestehenden Begräbnisteam (Burial Team) ins Ebola-Center von Ärzte ohne Grenzen, um dabei zu sein, wenn Leichen abgeholt und begraben wurden. Acht Menschen waren es an diesem Tag, acht Menschen also, die beerdigt werden mussten. Nach einstündigem Warten auf den Leichenwagen ging es los. Der Leichenwagen ist gleichzeitig die Ambulanz. In dem Auto wurden Tote, Verdachtsfälle und Erkrankte transportiert. Wir mussten also warten, bis es gerade frei war. Im Bezirk Kailahun – rund 3.600 Quadratkilometer – gab es insgesamt drei Ambulanzfahrzeuge, von denen eines nicht funktionierte. Das Aussehen dieser schwarzen Ungetüme entsprach eher einem Leichenwagen.

Alpha Kamara blieb an Momohs Seite, um jeden Handgriff zu erlernen. Momoh war der Team Leader des bereits bestehenden Burial Teams, der schon große Erfahrung hatte. Mit viel Respektabstand wurde das Verladen der ersten beiden Körper beobachtet. Wir fuhren etwa 200 Meter mit dem Wagen. Der erste Friedhof mitten im Dschungel war mit 14 Gräbern bereits voll. Heute wurde quasi das zweite Teilstück eröffnet. Als wir dort angekommen, waren, hatten die Totengräber bereits acht Gruben ausgehoben. Sie bereiteten niemals mehr als nötig vor. Dies würde den Tod anziehen, meinten sie. Die ersten beiden Toten wurden begraben. Während das Team die nächsten beiden holte, blieben meine Leute da und warteten. Sie redeten wenig und schauten nur. Die nächsten beiden waren Kinder, die jeweils nur elf Jahre alt geworden waren. Auf den Leichensäcken standen Name, Herkunft, Todestag und Alter. Ich bin viel gewohnt, aber auch ich konnte mir eine Träne nicht verkneifen und wandte mich ab.

Bereits nach vier Leichen beschlossen wir, zu Fuß zum Lager zurückzugehen. Für diesen Tag hatten wir mehr als genug gesehen. Es waren 200 Meter, und unser neues Team wollte geschlossen auch zur alten Begräbnisstätte – Friedhof konnte man das nicht nennen – im Dschungel gehen und den Verstorbenen Respekt erweisen. Die erste Grabstätte war etwa 70 Quadratmeter groß und einfach in den Urwald gerodet worden. Sie lag auf halber Strecke auf dem Rückweg. 14 Menschen ruhten dort in Frieden, manche hatten ein kleines Holzkreuz an ihrem Grab. Bei den Begräbnissen war ein Plan gezeichnet worden, damit man genau wusste, wo welche Person lag. So konnten die Familien sich von ihren Liebsten verabschieden, wenn sie aus fernen Dörfern anreisten. Der Besuch dieses Ortes war vermutlich einer der prägendsten Momente in Sierra Leone. Zehn Menschen, die vor den Gräbern derer standen, die vor einigen Tagen noch Nachbarn, Bekannte oder Freunde gewesen waren. Es war still, andächtig, und als dann jemand vorschlug, ein Gebet für alle zu sprechen, flossen auch bei mir abermals Tränen. Es war so viel Kraft an diesem Ort, in diesem Team – einfach unbeschreiblich.

Auch erahnte ich indirekt zum ersten Mal, was die Neugier der Presse bewirken kann. Unsere Kollegin, die für die PR zuständig war, fragte vorsichtig in die Ruhe hinein, was sie darüber dachten: über die Toten, über Ebola. Nach einigem Zögern antwortete einer der Freiwilligen: „Es ist einfach unfair!" Mehr nicht. Sie hakte nicht nach, hatte auch nicht aufdringlich gefragt, aber in dem Zauber dieses Moments wirkte die Frage der Kollegin irgendwie deplatziert, ich würde es fast blasphemisch nennen. Sie hatte es sicher nicht böse gemeint und war eher privat als beruflich an der Meinung der Freiwilligen interessiert. Sie war respektvoll – und trotzdem. Wenn man dabei war, versteht man es besser.

Am Ende jedes Begräbnisses wurde vom Team gebetet, für Muslime und für Christen. Vielleicht habe ich diesen Hauch Menschlichkeit zu viel, den ich persönlich an Joseph von der WHO etwas vermisste. Dieser meinte nämlich, es sei zwar schon in Ordnung, wenn das Team beziehungsweise die Totengräber unbedingt beten wollten, sollten sie halt, er selbst hielt es aber für unnütz. Ich hingegen fand es eine wichtige und sehr schöne Geste. So war das in Kailahun. Selbst im Tod hielt man zusammen und gedachte aller gleichermaßen. Ob wir nun für die Verstorbenen oder einfach für unsere eigene Sicherheit beteten, war in diesem Augenblick egal. Wir waren uns einig, dass es gut war.

Was kostet Hilfe?

Eine alte Frage bei einem Einsatz wie diesem lautet immer: Was zahlt ihr den Leuten, sollten die das nicht gratis tun? Ja, wir arbeiten immer mit Freiwilligen, wie es auch viele MitarbeiterInnen in Österreich sind, aber Sierra Leone ist eines der ärmsten Länder der Welt. Das heißt, dass man dort von freiwilliger Arbeit alleine nicht leben kann. Natürlich mussten unsere freiwilligen HelferInnen irgendwie Geld verdienen. Man muss sich auch vergegenwärtigen: Immer wieder kamen hochrangige Menschen (Politiker, religiöse Führer, . . .), die geschult wurden und für die Anreise eine Kleinigkeit bekamen beziehungsweise verpflegt wurden – das ist eben so, das sind die Gepflogenheiten. Wir zahlten niemandem Lohn, das wäre gegen unsere Prinzipien gewesen. Unsere Freiwilligen sahen zu und arbeiteten laufend mit – gratis. Daher war es unser Bestreben, ihnen etwas für Ihre tägliche Arbeit zu geben. Es war mehr oder weniger ein symbolischer Wert, aber sie konnten sich davon etwas zu essen kaufen. Es war keine Anstellung im eigentlichen Sinne.

In dieser nicht sehr schönen Situation arbeiteten unsere KollegInnen in Kailahun seit einem Monat unbezahlt drei bis fünf Tage pro Woche. Das wäre bei allem Altruismus auch in Österreich kaum vorstellbar. Das lokale Rote Kreuz legte fest, was freiwillige MitarbeiterInnen bekommen durften. Man durfte den lokalen Arbeitsmarkt nicht außer Acht lassen, ihn durch überhöhte Lohnzahlungen nicht aushebeln. Daher bekamen unsere KollegInnen pro Tag um die vier US-Dollar. Dieser Betrag galt für alle lokalen HelferInnen, egal ob Theatergruppe, Totengräber oder Dead Body Management. Das brachte mich immer wieder sehr ins Grübeln und sorgte bei mir für Unbehagen. Nicht, dass man die einzelnen Tätigkeiten miteinander vergleichen konnte, wichtig waren sie schließlich alle. Ich fragte mich nur, ob ich selbst für diesen Betrag jeden Tag aufs Neue mein Leben bei der Bergung von Leichen aufs Spiel setzen würde.

Dazu kam das Problem, dass Geld vom Sierra-leonischen Roten Kreuz erst ausgezahlt werden konnte, wenn es in Kailahun angekommen war. Da aber die Banken in der Umgebung aus Angst vor Ebola geschlossen waren, würde die Situation noch zwei bis drei Wochen andauern. Da ich diesen Zustand für meine Dead Body Manager so nicht hinnehmen wollte, bezahlte ich mein Team mit dem Geld, das mir von meinem Wiener Vorgesetzten anvertraut worden war. Später sollte ich es vom Internationalen Roten Kreuz großteils refundiert bekommen. Natürlich konnte ich dies nur nach Rücksprache mit meinen Vorgesetzten in Wien beziehungsweise mit JP, unserem Teamleiter durchführen. Meine Intention war, dass ich ein Team, das täglich sein Leben aufs Spiel setzt, nicht nur gut ausbilden und beschützen, sondern auch fair bezahlen musste. Die Leute goutierten es auch mit viel Einsatz und Dankbarkeit. Insgesamt waren es rund 60 US-Dollar (also etwa 50 Euro) pro Tag, von denen 15 Menschen satt wurden – eine fast beschämende Summe.

Wir leisteten gute Arbeit, mit einem sehr kleinen Team wurde das Maximum herausgeholt. Wir hätten freilich mehr SpezialistInnen aus dem Ausland gebraucht, doch es fehlte einfach an Freiwilligen. So mussten wir mit wenigen MitarbeiterInnen viele Menschen erreichen. Bei Ärzte ohne Grenzen hingegen wurden aufgrund der anderen Aufgaben, also des Ebola-Spitals, viele HelferInnen verschiedenster Fachrichtungen gebraucht. Alleine die MSF-Flotte umfasste etwa zwanzig Fahrzeuge, während wir mit drei Autos eher bescheiden ausgestattet waren. Das lag zum Teil auch am Budget. Ich war damals der erste und lange Zeit auch einzige österreichische Rotkreuz-Mitarbeiter in Sierra Leone. Leider interessierte Ebola in Österreich die Menschen nur begrenzt, und wir hatten kein Budget – sprich: keine Spenden – mehr für eine weitere Rotation. Vereinzelt gab es Spendenaufrufe in Firmen, wie es auch Steffi, eine liebe Freundin von mir, getan hat. Sie sammelte laufend Spenden in ihrer Firma. Ohne Geld können auch wir nichts tun.

Eine kleine Geschichte

Wie ging es nun wirklich zu? Wo lagen die Probleme? Hierzu eine kleine Geschichte, wie sie vermutlich unzählige Male vorgekommen ist. Über ein Schicksal, wie es uns in Sierra Leone täglich begegnen konnte:

Mein Vater ist gestorben. Das ist schlimm genug. Jeder sagt, dass es Ebola war. Jeder weiß, dass ich mit ihm im selben Haus gelebt habe. Bin ich jetzt auch krank? Hab ich Ebola? Ich habe Angst. Menschen kommen. Die „Ambulanz" kommt, um den Leichnam abzuholen. Die Leute tragen Ganzkörperanzüge, haben Masken und Brillen auf. Ich darf meinen toten Vater nicht berühren, mich nicht mehr von ihm verabschieden. Sie besprühen ihn mit Chlor, es stinkt, packen ihn in einen Sack und nehmen ihn mit. Wieder andere besprühen mein ganzes Haus, sagen mir, dass ich eventuell auch krank sein könnte. Ich soll den Kontakt zu anderen Menschen meiden. Alle Nachbarn wissen es, das ganze Dorf weiß es. Ich werde gemieden —es gibt also ohnehin keinen Kontakt.

Mein Geld wird nicht angenommen, ich werde ausgegrenzt. Irgendein Nachbar erbarmt sich schließlich und bringt mir Essen. Die Leute, die meinen Vater abgeholt haben, sagen, dass ich jetzt Besuch bekommen werde, jeden Tag. Er oder sie wird mir Fragen stellen, wie es mir geht, ob ich erbreche, Durchfall habe, Schmerzen. Viele Menschen haben jetzt Schmerzen, Durchfall, Fieber. Die Regenzeit und damit die Malaria-Saison haben begonnen. Hier hat jeder irgendwann einmal Durchfall. Diesmal, so erklärt man mir, soll ich mich melden, wenn ich Beschwerden bekomme. Dann wird mir Blut abgenommen, und ich werde zur Sicherheit ins Ebola-Center in Kailahun gebracht — wenn ich Glück habe und es genügend Sprit gibt. Es gibt für den ganzen Distrikt Kailahun nur drei spezielle Ambulanzwagen, von denen einer defekt ist. Mehr als 500.000 Einwohner hat Kailahun, bei einer Größe von gut 60 mal 60 Kilometern. Manchmal dauert es drei Tage, bis sie Menschen abholen können. Die „Ambulanz" ist in Wirklichkeit ein Geländewagen, in dem bis zu zehn Menschen Platz finden müssen. Potenzielle Fälle und tatsächlich Erkrankte sitzen alle gemeinsam in dem Auto. Die Telefonnummer, die man anrufen soll, ist eine Handynummer. Das Handynetz war drei Tage lang zusammengebrochen. Also selbst wenn ich gewollt hätte, ich hätte niemanden erreicht. Und die Motorbiker, die hier die Taxifahrer sind, weigern sich, mich mitzunehmen.

Der Leichnam soll beerdigt werden. Alles riecht nach Chlor. Das Team hat Schutzkleidung an und schaut, dass alles okay ist. Der Imam und der Pastor sprechen Gebete. Ich habe keine Ahnung, wer in dem Sack liegt, der begraben wird. Ich hoffe, es ist mein Vater. Alle meiden Körperkontakt untereinander – speziell aber mit mir. Sollte ich in den kommenden drei Wochen keine Probleme bekommen, sei ich nicht erkrankt, heißt es. Das habe ich auch meinen Nachbarn erzählt. Sie glauben mir nicht wirklich. Auch sie haben Angst. Woher unsere Familie es bekommen hat, wissen wir nicht. Man hat uns gesagt, dass es eventuell von dem toten Affen stammen könnte, den wir gefunden und zubereitet haben. Die Zubereitung alleine hätte schon für eine Infektion gereicht.

Auch ein anderer Nachbar wurde abgeholt, vor einigen Tagen schon. Er war krank, gestern hat man uns gesagt, dass er gestorben ist. Er war noch lebendig, als er weggebracht wurde. Ob „SIE" das waren, die Leute mit den Masken, den Anzügen? Ich habe gehört, die Kranken bekommen Spritzen, eventuell wird Ihnen das Virus injiziert, . . . Oder „SIE" brauchen Organe, die „SIE" unseren Freunden entnehmen, und den Rest begraben „SIE" dann. Man sieht die Verstorbenen ja nicht mehr in diesen Säcken.

Was ich jetzt machen werde? Das Dorf hat gestern versucht, den letzten Wagen vom Gesundheitsministerium zu vertreiben. Sie haben Angst, dass „SIE" uns den Tod bringen. Ich werde wohl versuchen, in ein anderes Dorf zu gehen, so schnell wie möglich. Dort nimmt man mein Geld, man kennt mich nicht. Ich merke zwar, dass mich der Durchfall schwächt, aber ich glaube nicht an dieses Ebola-Zeug. Ich werde einfach ganz früh aufbrechen, damit mich niemand sieht. Ich habe Angst: vor dem was kommt, was alle über mich denken und vor den Menschen in den Anzügen, an denen der Tod haftet.

Solchen Problemen und derartigem Misstrauen standen wir täglich gegenüber. Unsere Aufgabe war es, einfühlsam die Menschen zu informieren, sie zu betreuen und vor allem der großen Mehrheit die Angst zu nehmen. Es gab eine Krankenstation, in der geholfen wurde, es gab eine Chance auf Heilung. Je mehr Menschen Angst hatten, desto eher würde es Zwischenfälle geben. Von denen war das Rote Kreuz hier in Sierra Leone bisher verschont geblieben. Je mehr Menschen uns und unseren Botschaften vertrauten, desto mehr Menschen würden überleben. Flucht war hier keine Lösung

Unsere Kolleginnen hatten einen Slogan dafür gefunden:

„*Spread the words not the disease!*"

Kulturelle Problemchen

Das Gesundheitsministerium hatte gemeinsam mit Ärzte ohne Grenzen und unserem Rotkreuz-Team eine dreitägige Tour entwickelt, bei der vier beziehungsweise fünf Chiefdoms eimgeladen und Informationen weitergegeben wurden. Freilich nicht an die gesamte Bevölkerung auf einmal, aber an die wichtigsten Personen: die Imame und Priester, die „Landeshauptleute", die Mummy Queens, die Motorbiker – alles in allem etwa 15 Personen pro Chiefdom wurden eingeladen. Die ersten beiden Tage waren toll, alle hatten zugehört und Fragen gestellt. Das wirklich Innovative an dem Projekt: Am Ende sollten sie einen Aktionsplan entwerfen, wie sie in den kommenden Tagen und Wochen weitermachen wollten. Das war vermutlich der interessanteste Teil, denn da kam es zu mehr oder weniger realistischen Szenarien und Diskussionen. Eine Gruppe hatte etwa die weitere Planung auf Ende Juli, die Auseinandersetzung mit Begräbnissen auf Ende August gelegt. Dass das sehr unrealistisch war, hatten die Gruppen untereinander diskutiert und schnell besprochen. Weitere sieben Wochen konnte dieser Punkt einfach nicht mehr warten.

Ich war mit am dritten Veranstaltungsort. Abgesehen davon, dass das Treffen statt um 9.30 erst um 12:30 Uhr anfing, war es ein Freitag. Warum das von Bedeutung war, erkläre ich gleich. Der spätere Beginn hatte mich jedenfalls kalt gelassen. Das war ich ja gewohnt, während eine Kollegin deshalb am Vortag etwas fertig war. Man muss das europäische Getue lassen. Es ist wie es ist. Nur wir in Österreich und Deutschland kleben so genau an der Zeit. Aufregung und Stress machen Dinge im Einsatz nicht besser. Hier sagte man nicht: „Wir treffen uns um zwölf", sondern man nannte es „twelvish", also „zwölfisch" – was irgendwann zwischen 11.45 und 13 Uhr bedeutete.

Dass man entspannt mit dem Thema Zeit umgehen sollte, habe ich schon 2005 beim Tsunami-Einsatz gelernt. Als unser Team wieder nach Hause flog, hatten wir erlaubte 60 Kilo Gepäck pro Person, was die Fluggesellschaft aber anders sah. Ein Fax aus Österreich kam auf mysteriöse Weise nie an und der Zoll verlangte für unser Übergepäck 1.500 US-Dollar. Da trat unser Chef, in Aktion. Es wurde eine Zigarette geraucht, Kaffee getrunken und nebenbei verhandelt. Das Ganze dauerte mehr als eine halbe Stunde – aber es endete damit, dass unser Team 15 US-Dollar zahlen musste und sogar noch eine Quittung dafür bekam. Hätten wir uns typisch europäisch aufgeregt, hätte man uns zahlen lassen. So aber hatten wir dem Roten Kreuz und letztlich den SpenderInnen viel Geld erspart.

Um 12.30 Uhr hatten wir mit dem Training begonnen, ab 13 Uhr verabschiedete sich dann die Hälfte der ZuhörerInnen in die Moschee zum Freitaggebet. Auch das war zu erwarten gewesen. Die Planung durch das Ministerium war also suboptimal. Ein Chiefdom war leider gar nicht erschienen. In der Kommunikation dürfte nicht immer alles ganz reibungslos abgelaufen sein. Na gut, auch das war zu akzeptieren. Zum Glück gab es aber auch am dritten Tag Fragen, Antworten und Pläne.

Am selben Tag gab es auch ein Drei-Länder-Meeting: VertreterInnen von Rotem Kreuz, Ärzte ohne Grenzen, WHO und den jeweiligen Gesundheitsministerien aus Sierra Leone, Guinea und Liberia trafen einander in Kailahun zur Lagebesprechung. Es gab Entwarnung: Die Lage war sicherheitstechnisch bei weitem nicht so, wie es zu diesem Zeitpunkt in Europa zum Teil dargestellt wurde. Zwar war man nicht immer überall willkommen – das galt für NGOs ebenso wie für Behörden –, aber es gab damals keine Angriffe beziehungsweise Übergriffe auf Rotkreuz-HelferInnen. Wir waren also nicht in Gefahr. Den einzigen nennenswerten, wenn auch sehr bizarren derartigen Kontakt verzeichnete das Rote Kreuz in Guinea, wo von einer Blockade seines Fahrzeuges durch zehn nackte Frauen berichtet wurde. Der Wagen konnte aber dann ohne weitere Zwischenfälle oder Verletzte den Ort wieder verlassen. Eine sinnvolle Erklärung für diese Aktion gab und gibt es bis heute nicht.

Aber es gab leider immer wieder Zwischenfälle, die zeigten, wie schwer sich Traditionen ändern lassen. Joseph erzählte uns, wie er und sein Team, nachdem sie einen Leichnam mit Chlor besprüht hatten, von den Dorfbewohnern höflich, aber sehr bestimmt aufgefordert worden waren, zu gehen. Danach gab es die rituelle Beerdigung, bei der jeder den Leichnam umarmte und küsste. Die Desinfektion mit Chlor ist zwar eine gute Methode zur Beseitigung des Virus, aber keine hundertprozentige. Daher würde man erst in etwa zwei Wochen abschätzen können, ob dieses Begräbnis zum epidemischen Supergau geführt hatte.

Land unter

Die Tage waren heiß und schwül, abends gab es Meetings mit dem Team und als Nachtmahl das Standardmenü: Huhn mit Reis, manchmal einen Cidre, sonst Cola, Fanta, Sprite. Danach genossen wir den Sat-Receiver und verfolgten, wie auch das halbe Dorf, das sich in unserem Hotel zum Public Viewing eingefunden hatte, die laufende Fußball-WM in Brasilien. Aber spätestens ab dem Viertelfinale gab es dann erste Unmutsäußerungen im Team.

Kanada (Team Leader, Epidemiologin):   gar nicht dabei
Chile (neu eingetroffener Team Leader): ausgeschieden
Kolumbien (Logistik):   ausgeschieden
USA (IT):   ausgeschieden
Finnland (Psychologe, Hygienikerin):   ausgeschieden
England (zwei Hygienikerinnen):   ausgeschieden
Österreich (ich):   gar nicht dabei

Immerhin war Deutschland noch dabei – Anja, die MSF Team Leaderin, war ja wie erwähnt Deutsche. Am Halbfinaltag verpassten wir wegen unseres Abendmeetings die ersten 20 Minuten des Spiels. Wir hörten zwar Jubel, aber als wir etwa 20 Sekunden vor dem 4:0 der Deutschen gegen Brasilien in den Raum kamen, trauten wir unseren Augen nicht. Anja bekam zur Feier des Tages ein Bier gesponsert, und ich überreichte ihr feierlich eine Packung Manner-Schnitten als Ehrerbietung.

Nach den Spielen ging es normalerweise auf die Zimmer, um noch etwas Privatsphäre zu haben. Das Internet (WIFI) der Amerikaner reichte leider nicht bis ins Zimmer, und so verbrachte ich die Abende ruhig mit Musik oder Videos.

Natürlich wurde auch geduscht – meistens. Einmal habe ich sogar ein Vollbad genossen – fast zumindest. Normalerweise hatten wir eine Dusche, leider aber ohne Wasser. Mitunter – etwa zweimal in der Woche für fünf bis sieben Minuten – gab es tatsächlich Wasser aus dem Hahn, und wenn ich das Glück hatte und gerade im Zimmer war, konnte ich auch richtig duschen. Dies war an diesem Abend der Fall. Leider hatte ich den Wasserhahn offen gelassen und war gerade nicht am Zimmer. Zudem funktionierte der Abfluss nicht so richtig, und so suchte sich das Wasser einen anderen Weg. Dies war geradewegs in mein Zimmer, das sich mir feucht-fröhlich präsentierte, als ich hereinkam. Wäre meine ABC-Tauchausrüstung nicht daheim in Österreich geblieben, hätte ich fast mein versäumtes Tauchwochenende nachholen können. Das Wasser stand jedenfalls überall zwei Zentimeter hoch, zum Glück war wenigstens mein Gepäck geschützt, und auf dem Boden lagen keine elektrischen Geräte herum. Das Schöne dabei: Am nächsten Morgen war alles wieder trocken. Also waren entweder die Nächte hier trotz Klimaanlage so heiß, dass das Wasser einfach verdampft war, oder jemand unter mir hatte danach eine feuchte Decke – ich jedenfalls konnte duschen.

Auch zwei Tage später duschte ich. Es war eine herrliche Szene: Du stehst nackt unter der Dusche, und aus dem Wasserhahn kommt nichts, rein gar nichts, obwohl er gerade vorher noch funktioniert hat. Immerhin hatte ich noch eineinhalb Liter Wasser in der Flasche. Ja, ich konnte auch mit so wenig Wasser duschen, sogar mit einseifen und nachspülen.

Sheikh Khan

Bei einem unserer Besuche im Ebola-Center von Ärzte ohne Grenzen lernte ich einen Patienten namens Sheikh Khan kennen, mit dem ich mich einige Zeit unterhalten konnte. Er war fast die ganze Zeit mit seinem Handy beschäftigt, er war nämlich der Leiter des Krankenhauses in Kenema und hatte sich an Patienten infiziert. Mein Gespräch mit Sheikh Khan verlief sehr herzlich. Joseph, der Kollege von der WHO, bekam von ihm einige nützliche Informationen. Sheikh Khan berichtete, dass ihm niemand Bescheid gesagt hatte, dass ihn keiner vor Ebola gewarnt hatte. Mit Lassa-Fieber kannte er sich aus, aber die neue Bedrohung hatte ihn total unvorbereitet erwischt. Ja, wir haben mit ihm getratscht. Auf jeden Fall saß er da und wartete. Auf ein Wunder? Auf Heilung? Auf den Tod? Er sah gesund aus, kräftig... Er managte via Telefon noch immer alles und war sehr agil. Man sagte uns, dass er vermutlich überleben werde.

Das Ebola-Center umgab ein etwa eineinhalb Meter breiter Zaun aus Kunststoff. Natürlich würde er weder Angehörige draußen noch Erkrankte drinnen halten. Er diente zur sichtbaren Markierung von sicheren und gefährlichen Zonen. Das gesamte Ebola-Center war so konzipiert, dass niemand aus Versehen in ein Hochrisikogebiet kam. Nachdem Ebola nicht aerogen, also durch Luft, übertragen wird, hatten wir auch keine Angst vor den Menschen. Ein weiterer Grund, warum Erkrankte gerne hierher kamen, war, dass das Krankenhaus von Ärzte ohne Grenzen das einzige war, in dem sie auch mit Essen versorgt wurden. Normalerweise musste die Familie für die Ernährung der Patienten sorgen – nicht so in Kailahun. Daher waren die Menschen froh, dass ihnen hier geholfen wurde.

Erst daheim in Österreich sollte ich erfahren, dass der Patient Sheikh Khan der einzige Virologe in Sierra Leone war. Sein Tod hat weltweit für Aufregung gesorgt. Sheikh Khan war bis zuletzt seinen Patienten im Wort, ihr Wohl lag ihm bis zu seinem Ende am Herzen. Aber er hat es leider nicht geschafft.

Achtung Taschendieb!

Man muss eines vorwegschicken: Geld aus Sierra Leone ist sehr voluminös. Es gibt Noten zu 1.000, 5.000 und 10.000 Sierra Leone Leones (SLL), 1 US-Dollar entspricht dabei etwa 4.450 Leones. Die größte

Banknote ist also zweieinhalb USD wert. Ich hatte in Freetown 2.000 US-Dollar gewechselt und ging dann mit drei Paketen, jedes so groß wie eine Müslischachtel, auf mein Zimmer. Das Geld wurde uns vom Hotelchef persönlich gewechselt, und da dies eine halbe Stunde vor unserer Abreise nach Kailahun passierte, blieb keine Zeit mehr zum Nachzählen.

Natürlich waren wir immer angehalten, alles genau zu kontrollieren. Doch hier gab es mehrere limitierende Faktoren: Es war Sonntag, wir bekamen die Scheine erst kurz vor der Abfahrt, und bei den drei großen Paketen hätte es ewig gedauert. Da diese original eingeschweißt waren und den Bankstempel trugen, wähnte ich mich in Sicherheit. Erst als ich das erste Paket anbrach und nachzählte, bemerkte ich das Fehlen von Scheinen. Also hatte die Bank getrickst und es fehlten gesamt etwa 160.000 Leones. Ich schrieb sofort unserem Chef J.P., der noch in Freetown war. Der Hotelboss zeigte sich peinlich berührt und kam für das fehlende Geld auf – in Summe hatten mehr als 100 US-Dollar gefehlt. Ich hätte ihm Halbe-Halbe angeboten und den Rest von meinem privaten Geld bezahlt. So jedoch wurde alles ersetzt. Trotz genauer Buchführung fiel mir aber auf, dass immer wieder einmal 20.000 oder 30.000 Leones zu wenig waren – nicht viel, aber komisch war es allemal, da ich alle zwei Tage Kassasturz machte.

Eines Tages fuhr ich nach dem Morgenmeeting nicht gleich ins Feld, sondern musste noch etwas aus dem Zimmer holen. Dort war gerade der Putzdienst, und auf meinem Bett fand ich eine Rolle Geld – mein Geld. Man muss dazu sagen, dass wir nur Rucksäcke hatten, die zwar zum Teil mit Vorhängeschlössern versehen waren, aber das war leider nicht bei allen der Fall. Man teilte das Geld auf Pakete auf, nahm immer einiges mit, dann wusste man, wo es war, aber man musste eben auch etwas im Zimmer lassen. Die Aluboxen, die wir zum Teil hatten, halfen uns in diesem Fall auch wenig. Sie waren nämlich so groß, schwer und sperrig, dass man sie bei Einsätzen, in denen man, wie ich, alleine war und flexibel agieren musste, leider nicht gebrauchen konnte. Einen Hotelsafe gab es nicht. Ich nahm also mein Geld und ging schnurstracks zum Hotelleiter. Als wir wieder im Zimmer waren, war der junge Mann, der mein Zimmer putzen sollte, fort und er ward auch nie wieder gesehen. Er hatte auch den Zimmerschlüssel von einer Kollegin eingesteckt, weshalb deren Schloss umgehend ausgetauscht wurde. In Summe hatte er 20 bis 25 US-Dollar ergaunert, die ich aus meinem privaten Geld auslegte.

Verbotene Partys

Am vorletzten Abend kam ich einer liebgewordenen Tradition nach: Ich lud unsere Freiwilligen zum Essen ein. Ein Buffet für 40 Menschen im lokalen Rotkreuz-Center sollte es werden, einfach als Dankeschön für ihre Arbeit – ihre gute Arbeit – ihre bisher unentgeltliche Arbeit. Das Rotkreuz-Center war ein kleines Haus ohne Strom und ohne Wasser, aber alle waren zu Recht stolz drauf. Ich hatte zwei Tage zuvor einfach Catering bestellt. Ja, auch das gab es hier – etwas anders als bei uns, aber es war in Ordnung. Die Lieferung erfolgte auf drei Motorrädern. Die hatten auf jeden Fall gut an mir verdient, aber das war es wert. Um 19 Uhr sollte es losgehen, da wir um 21 Uhr wieder zurück sein mussten. Einziges Problem: ein Meeting von 19 bis 20 Uhr. Also fuhren wir um 20.10 Uhr hin, waren 25 Minuten dort und fuhren anschließend wieder heim.

Die Leute waren toll, und als dann die Musik begann und ich schließlich auf die Tanzfläche (etwa 1,5 mal 1,5 Meter) musste, war die Stimmung perfekt. Am Beginn hatte Titus, der Coach und Rotkreuz Jugendleiter, mir gedankt – man dankte einander bis zum Umfallen, das gehört sich so – und auch erwähnt, dass sie alle trotz Versammlungsverbot hier waren. Dies war ein Punkt, an den ich nicht gedacht hatte. Trotzdem war es sehr schön in die strahlenden Gesichter zu blicken, die Leute ließen es sich schmecken, waren ausgelassen. Sie schienen sich wirklich darüber zu freuen.

Auch 2005 im Tsunami-Einsatz hatten wir unser Team in ein Fastfood-Lokal eingeladen. Der Preis für ein Menü betrug etwa drei Tageslöhne. Dementsprechend war es für die Einheimischen auch etwas Besonderes gewesen. Für uns war es billiger als in einem österreichischen Fastfood-Lokal. Irgendwie ist es immer wieder ernüchternd, womit man Menschen, die quasi gratis für ihre Mitmenschen arbeiten, eine Freude machen kann. Für 100 US-Dollar konnte ich 40 sehr liebenswerte KollegInnen verköstigen und ihnen meine Wertschätzung ausdrücken.

Auf jeden Fall war es die tollste 25-Minuten-Party, auf der ich je gewesen bin. Ich habe dann noch so gut wie alles hergegeben, was ich dabei hatte: vier neue T-Shirts, zwei Kappen, ein paar Neck Ribbons (Schlüsselbänder) und das „Heiligtum": vier Packerl Manner-Schnitten. Wenn ich bedenke, was wir als Rotes Kreuz in Österreich für Werbung an Goodies hergeben, freue ich mich, dass auch die HelferInnen des Sierra-leonischen Roten Kreuzes welche bekommen. Und sie haben es absolut verdient.

Als wir dann heimkamen, waren die KollegInnen von Ärzte ohne Grenzen gerade am Grillen. Das letzte Mal hatte es Ziege gegeben, die am Vormittag noch gelebt und gemeckert hatte, ehe sie am Abend auf der Showbühne – also auf dem Grill – ihren Auftritt hatte. Diesmal gab es Huhn – das gab es ja sonst überhaupt nie bei uns im Hotel . . . Die spinnen, die Ärzte. Ich ergatterte trotzdem noch ein Stück Grillhuhn. Am selben Abend sprach ich noch mit Matthias, dem deutschen Logistiker. Wir hatten ein klassisches Deutsch-Ösi-Problem: Jeder zweite Satz wurde mit „Häh?" begonnen. Irgendwie verstehen die uns nicht – nur weil sie vielleicht bald Weltmeister sein würden?

Am späteren Abend wurde ich in ein Gespräch verwickelt, das mich wieder einmal nachdenklich machte: Eine Ebola-positive Frau im Spital von Ärzte ohne Grenzen war im achten Monat schwanger und hatte seit sechs Tagen keine Kindsbewegungen mehr gespürt. Die Frage lautete: Sollte man die Geburt einleiten? Und wenn ja, woher die Medikamente bekommen? Diese müssten aus Kenema aus der Klinik geholt werden, so sie überhaupt vorrätig waren. Wie groß war die Gefahr für PflegerInnen und ÄrztInnen, wie groß war sie für die werdende Mutter? Eine Hebamme war bereit, das Risiko einzugehen und wollte die Geburt einleiten. Ein schweres, sehr schweres Ende eines lustigen Abends. Ob die Kollegin die Geburt tatsächlich eingeleitet und durchgeführt hat, habe ich leider nie erfahren. Ich konnte nicht wissen, dass mich dieses Thema auch noch einige Zeit in Liberia beschäftigen sollte. Hier sei erwähnt, dass bis dato kein von einer Ebola-kranken Frau geborenes Kind überlebt hat.

Budget

Es gab in diesem Einsatz einige Premieren. Ich hatte zum ersten Mal mit Ebola zu tun, war zum ersten Mal auf dem afrikanischen Kontinent im Einsatz, erfuhr erstmals überhaupt, was es mit dem Dead Body Management auf sich hatte, und durfte mein erstes eigenes Budget erstellen. Für jemanden, der so etwas noch nicht gemacht hatte, war es eine interessante Herausforderung. Ich musste überlegen, was die PPE, die wir bestellten, kosten würde. Dazu gab es den „Emergency Items Catalogue", in dem vieles zu finden war – er ist so etwas wie ein Versandhauskatalog des Internationalen Roten Kreuzes für Dinge, die man in Einsätzen braucht: PPE, Moskitonetze, Zelte, ganze Ambulanzeinrichtungen kann man ordern. Den Rest, den ich nicht finden konnte, suchte ich mir via Amazon heraus und fand so auch einige Stücke. Dann galt es den durchschnittlichen Verbrauch an Schutzkleidung zu berechnen und eine Bestellung für drei Monate aufzugeben. Dies war sicher ein Klacks für einen echten Logistiker, für mich war es eine interessante Herausforderung und eine willkommene Abwechslung. Nach drei von Mauro korrigierten Versionen ging schließlich eine Bestellung nach Genf.

Wir hatten ein mehrere tausend US-Dollar umfassendes Budget. Ich musste vorhersehen, wie sich die Lage entwickeln würde, wie viele Dead Body Management Teams wir beschäftigen würden und so weiter... Dazu kamen noch Kalkulationen für Mietwägen, Sprit und Personalkosten. Für mich erstaunlich und etwas traurig zugleich war, dass nur 10 Prozent des Budgets für Personalkosten aufgingen, wogegen Mietautos und Diesel mit Abstand am meisten Geld verschluckten. Leider überwogen die Kosten für Material und das Rundherum die Ausgaben für das Personal bei weitem. Die Bestellung der Utensilien musste in Genf von fünf Stellen gegengelesen und bestätigt werden. Drei Wochen später sollte das Material dann über den Seeweg seinen Bestimmungsort Kailahun erreichen. In der Zwischenzeit mussten wir uns abermals als Bittsteller an andere NGOs oder das Gesundheitsministerium wenden. Ärzte ohne Grenzen unterstützte uns sogar mit Pickups, die uns für den Leichentransport unentgeltlich zur Verfügung gestellt wurden. Natürlich nützte es beiden Organisationen, so wie auch unser Internet mittlerweile beiden nützte.

Taktile Deprivation

Meinen Blog habe ich damals „Free Hugs" (Gratis-Umarmungen) genannt. Ebola-Einsätze wurden unter der Prämisse durchgeführt, dass es keinerlei Körperkontakt untereinander gab. Darunter verstand man nicht nur körperliche Zuwendung, es zählten auch Händeschütteln, Umarmen und Schulterklopfen dazu. Es ist alles recht einfach – mag man zumindest denken. Es war auch einfach, zumindest in den ersten zwei Wochen. Aber ich hatte massiv unterschätzt, was dieses Berührungsverbot, diese „No Touch Policy", wirklich mit einem machte. Im Fachjargon nennt man das taktile Deprivation, also Mangel oder Verlust an Berührung. Ich sehnte mich bereits nach kurzem nach Berührung, die jeder Mensch gewohnt ist. Meine Frau sollte dies ein halbes Jahr später am eigenen Leib in extremer Form erfahren. Sie war fast fünf Monate in Liberia und musste auch dort die „No Touch Policy" einhalten. Sie hat dies auch getan. Ärzte ohne Grenzen hatte im Ebola-Center eine gute Lösung gefunden: Nachdem alle Teammitglieder ihre PPE angezogen hatten, gab es eine große Gruppenumarmung in der PPE – manchmal auch Einzelumarmungen. Sie hatten in den Anzügen ja noch keine PatientInnen betreut, waren also sauber und durch die Kleidung geschützt. In solchen Situationen wird man sehr einfallsreich.

Außerdem stand nicht nur ich immer kurz davor, einen Wasch- oder Desinfektionszwang zu entwickeln. Nach jedem Schließen einer Tür mittels Türklinke wurde die Hand desinfiziert, ebenso nach dem Essen, sobald das Besteck aus der Hand gegeben wurde. In Summe vermutlich 20 bis 25 Mal pro Tag. Das einzige Rückzugsgebiet war das eigene Zimmer, der eigene Moskitodome. Hier waren nur ich und James, mein Plüschhund, der mich seit 2011 bei jedem Einsatz begleitet und ich war mir sicher, dass hier in der Unterkunft nichts passieren würde. Das hieß, dass ich beim Betreten meines Zimmers meine Hände desinfizierte und danach den ganzen Alltag abschütteln konnte. Andererseits stand ich ab dem Verlassen des Zimmers immer etwas unter Strom, aber es ging nicht nur mir so

Etwas, das auch immer wieder passieren kann, ist die sogenannte Re-Traumatisierung. Das klingt jetzt schlimmer als es ist. Aber im Leben jedes Einzelnen gibt es Ereignisse, die einen mehr oder minder belasten. Auch bei Einsätzen ist es so, was nicht heißt, dass wir alle massive Probleme haben, sei es im Einsatz oder daheim. Es gibt aber Momente, an die erinnert man sich einfach, sie begleiten einen, ohne einen zu belasten, sind Teil des Lebens. Es gibt auch schöne Momente, die einen begleiten, wie zum Beispiel der Augenblick, als wir erfuhren, dass bei Ärzte ohne Grenzen der erste Patient überlebt hatte. Diese Glücksgefühle sind unbeschreiblich, rechtfertigen sie doch alles, wozu man hier war.

Die Vergangenheit kann einen auch ganz unvermittelt wieder einholen. So wurde in Banda Aceh nach dem Tsunami versucht, das

Katastrophengebiet brandzuroden. Allein, es brannte dort nichts, da die feuchte Mischung aus Holz, Erde, Plastik und Leichenteilen nur qualmte, bestenfalls gloste. Der Qualm und der Geruch waren 24 Stunden am Tag in unseren Nasen, und meine KollegInnen und ich werden uns vermutlich ewig daran erinnern. In Kailahun im Ebola-Center gab es eine etwa neun Kubikmeter große Grube für den Abfall. Wenn sie halbwegs voll war, wurde der Abfall (Krankenhausabfall, Körpersekrete, alles, was so in einem Spital anfällt) verbrannt. Als ich das Ebola-Center zum ersten Mal betrat, ging ich an dieser gerade brennenden Grube vorbei. Der Geruch kam mir sehr bekannt vor, und es dauerte vermutlich keine Sekunde, bis ich wieder dieses Bild von den Zerstörungen durch den Tsunami im Kopf hatte.

Es ist nicht so, dass die Einsätze mich nachträglich sehr belasten. Es sind kurze Sequenzen, die selten, aber doch im Gehirn abgerufen werden. „Die perfekte Welle" ist so ein Lied, bei dem vermutlich viele unwillkürlich an den Tsunami denken. Ich fände es auch gar nicht normal, würde all das Leid, würde der Tod an uns HelferInnen spurlos vorübergehen. Einmal zurück in Österreich, spielen diese Eindrücke aber eine untergeordnete Rolle. Manchmal holt man sie kurz wieder hervor – für Interviews, für Erzählungen im Freundeskreis und andere Gelegenheiten. Aber das ist es dann auch schon wieder.

Abschied nehmen

Manchmal ist es nötig, zu gehen. Wir alle wissen, dass der Einsatz irgendwann enden wird. Drei Tage vor meiner Rückfahrt nach Freetown stellte ich dann zum ersten Mal fest, dass es wirklich an der Zeit war. Die WHO hatte in der Zwischenzeit, einige Wochen nach Beginn des Ausbruches, ein mobiles Labor nach Kailahun gebracht, um die Ebola-Schnelltests und damit die Diagnosestellung zu beschleunigen. Der kanadische Kollege fragte mich, ob ich nicht mitkommen und ihn bei einer

Probenentnahme eines potenziell positiven Patienten daheim begleiten wolle. Ich sagte zu, interessierte es mich doch. Ich weiß bis heute nicht, warum der Patient daheim und nicht im Ebola-Center war, aber das ist zum jetzigen Zeitpunkt nicht mehr zu eruieren.

Etwa 20 Minuten nach dem Gespräch fragte ich mich, was ich da eigentlich tat? Als Arzt und als Trainer hier wusste ich, wie man Schutzkleidung an- und auch wieder auszog. Als Arzt wusste ich, wie man mit einem Wattestäbchen eine Speichelprobe entnimmt. Beides zusammen war vermutlich nicht wirklich spektakulär, enthielt aber das potentielle Risiko, sich mit Ebola zu infizieren. Dies war der Punkt, an dem ich erstmals realisierte, dass mich das andauernde Sicherheitsdenken und die große Vorsicht viel Energie kosteten und ich fahrlässig zu werden drohte.

Die Tage flogen also förmlich dahin, und die vier Wochen vergingen viel zu schnell. Mitten im Training musste ich quasi meinen Einsatz abbrechen. Eines der schlimmsten Dinge bei solchen Einsätzen ist das Gefühl, gehen zu müssen, obwohl man eigentlich noch nicht fertig ist. Im Regelfall kommt das nächste Einsatzteam und löst einen ab. In 80 Prozent der Fälle kennt man die Nachfolger und weiß, dass der Job bestmöglich weitergeführt wird. Trotzdem möchte man bleiben, weil man noch so viel Arbeit an allen Ecken und Enden sieht.

Bevor ich das Team verließ, kam Daniel zu uns. Auch er war Mitarbeiter des Sierra-leonischen Roten Kreuzes und sollte meine Schulungen übernehmen und mein Team einsatzbereit machen. Daniel war Anfang dreißig und hatte Erfahrung mit Begräbnissen. Im Bürgerkrieg war er für Bestattungen zuständig gewesen. Allerdings hatte er keinerlei Erfahrung mit Hygiene beziehungsweise im Umgang mit Schutzkleidung. Ich versuchte ein Handover-Manuskript zu erstellen, in dem ich die genauen Abläufe der Tätigkeiten und des An- beziehungsweise Entkleidens niederschrieb. Ich erzählte ihm, was wir alles getan hatten, und wir leiteten gemeinsam das letzte Training mit unseren Dead Body Managern. Zum Glück war Joseph von der WHO sehr daran gelegen, unser Team möglichst bald fit zu bekommen. Aus diesem Grund half er, wo es ging. Ich verließ also Mitte Juli Kailahun in Richtung Freetown. Noch nie ist mir ein Abschied so schwer gefallen. Ich hatte wirklich Angst um mein Team, auch wenn die Schulungen gut verliefen. Man steckt in diese Missionen neben sehr viel Arbeit auch sehr viel Herzblut und ein großes Stück von einem selbst. Man verlässt den Einsatzort in dem Wissen, vermutlich nie wieder zurückzukommen und zu sehen, was aus der Arbeit geworden ist. Das erfüllt einen neben Stolz auch immer ein bisschen mit Wehmut.

Und es erinnert mich an einen Einsatz im Jahr 2013. Damals ging für Didi und mich ein Traum in Erfüllung. Didi ist ein sehr lieber steirischer Kollege, der 2010 mit meiner Frau gemeinsam nach dem Erdbeben in Haiti, genauer in Leogane, gearbeitet hatte. Ich selbst war 2011 ebenfalls für sieben Wochen als Rotkreuz-Mitarbeiter dort. 2013 schließlich waren Didi, Barbara und ich wieder in Haiti, und bei der Heimfahrt aus Jeremy, ganz im Westen, konnten er und ich es einrichten, in Leogane zehn Minuten stehen zu bleiben. Noch heute bekomme ich eine Gänsehaut, wenn daran denke, wie Didi aus dem Auto sprang, wie ein Irrer über den Platz lief, auf dem das Team 2010 sein Basislager errichtet hatte, und mir wie ein Kind erzählte, wo damals welches Zelt gestanden war, wo er sein Telefoninterview gegeben, wo er geweint hatte.

Das Areal war ursprünglich eine Schule gewesen. Beim großen Erdbeben war sie eingestürzt und hatte viele Kinder unter sich begraben. Trotzdem musste das Rote Kreuz dort sein Lager aufschlagen. 2013 gab es eine neue Schule, das Rote Kreuz hatte dort eine kleine Blutspendezentrale errichtet, und nichts wies mehr auf die Zerstörung im Jahr 2010 hin. Vor Freude lagen wir uns in den Armen, gleichzeitig darauf bedacht, dass keiner unsere Freudentränen sah, denn es hätte niemand verstanden. Das Gefühl, zu sehen, was man geschaffen hat, was sich alles verändert hat und wie das Leben weitergeht, war unbeschreiblich. Diese zehn

Minuten waren vermutlich in den vergangenen zehn Jahren seit meinem ersten Einsatz die prägendsten und schönsten, und ich bin froh, sie mit Didi teilen zu können.

Aber zurück nach Sierra Leone. Leider hatten weder das nationale noch das internationale Rote Kreuz einen Spezialisten gefunden, der freiwillig nach Sierra Leone kommen und helfen wollte. Man musste sich daher mit Freiwilligen behelfen, die höchst motiviert, aber teilweise unerfahren waren. Mit Josephs Hilfe wurde die Ausbildung aber erfolgreich zu Ende gebracht, wie ich später erfahren habe. Bis heute sieht man immer wieder einmal Bilder von Begräbnisteams im Fernsehen, und oft sehe ich dabei „mein Team", „meine Jungs", auf die ich fürchterlich stolz bin.

Es war also Zeit für meine Heimkehr. Ich würde am Dienstag nach Freetown fahren, um dann am Mittwoch zurück nach Österreich fliegen. Am Donnerstag würden dann bis auf drei Mitglieder auch die anderen den Einsatzort verlassen. Zum Zeitpunkt meiner Abreise stand noch nicht fest, ob Ersatz kommen würde. Zu viel Angst hatten viele Menschen. Ich machte und mache niemandem einen Vorwurf. Ich denke, es bedarf schon eines gewissen Hanges zum Masochismus, um sich freiwillig für solche Missionen zu melden.

Man fragt sich natürlich immer – und diese Vorwürfe musste sich auch die WHO gefallen lassen: Wäre dieser große Ausbruch durch frühere Reaktionen zu unterbinden gewesen? Die WHO entsandte zwar ein Feldlabor zum Testen von Ebola-Blutproben, dieses kam aber erst Ende Juni, Anfang Juli zum Einsatz. Damals wütete Ebola schon seit etwa drei Monaten. Ärzte ohne Grenzen eröffnete sehr schnell sein Ebola-Center, das Rote Kreuz entsandte bereits im April/Mai sein erstes Team, und als klar war, dass die Situation trotz unserer Aufklärungsarbeit schlechter werden würde, baute das Internationale Rote Kreuz ebenfalls zwei Ebola-Center. Trotzdem konnte die Epidemie nicht mehr rechtzeitig gestoppt werden. Alles in allem ist es freilich müßig, darüber nachzudenken. Wir können alle nur hoffen, dass die Entscheidungsträger daraus für künftige Katastrophen gelernt haben.

Ich verließ also Kailahun und später Freetown, um über Genf nach Österreich heimzufliegen. Ab dem Zeitpunkt, als ich im Geländewagen nach Freetown saß, war für mich klar, dass es für mich noch nicht vorbei war. Ich war fast getrieben von dem Gedanken, dass etwas fehlte – nämlich ein Abschluss. Es war das erste Mal überhaupt, aber ich wusste, dass Ebola für mich noch nicht vorüber war. Mit diesen Gedanken kam ich in Wien-Schwechat an und freute mich, meine Familie und meine FreundInnen wiederzusehen.

Ebola – die neue unbekannte Bedrohung?

Zurück in Wien beschäftigte mich die Frage, wie ich mich verhalten sollte, falls ich wider Erwarten doch den Ebola-Erreger in mir trüge. Meine Festanstellung beim Roten Kreuz, die immer für die Dauer von Hilfseinsätzen besteht, endete drei Tage später. Ich wusste um das sehr geringe Infektionsrisiko, das ja nur beim Auftreten von Symptomen besteht. Also fragte ich beim Roten Kreuz in Wien und in Genf nach, wie ich weiter vorgehen sollte. Beide hatten damals noch keine Richtlinie, die sollte erst vier Tage später präsentiert werden. Also rief ich beim Gesundheitsministerium in Wien an. Der Verantwortliche sei in einer Besprechung, hieß es. Als ich erklärte, ich sei gerade aus Sierra Leone heimgekehrt, dauerte es aber keine zehn Sekunden, bis er sich meldete. Seine Aussage werde ich niemals vergessen: „Meines Wissens befindet sich nur ein Österreicher in Sierra Leone." Meine Antwort ließ ihn dann hörbar ausatmen: „Ja, das bin ich, und ich bin seit gestern wieder da."

Man muss dazu sagen, dass das Ministerium nicht untätig gewesen war, aber auch dort gab es eben noch keine offiziellen Ebola-Richtlinien. Die kamen auch dort erst vier Tage später heraus. Weil mich das Thema nicht losließ, fing ich selber an zu recherchieren. Natürlich wusste ich um die Ansteckungswege, ich wusste aber auch, dass bei täglichem Fiebermessen und fehlendem Auftreten von Symptomen niemandem Gefahr drohte. Wen oder was aber sollte ich aufsuchen, falls doch Symptome auftraten? In Wien war es einfach, da gab es das Kaiser-Franz-Joseph-Spital. Dieses schrieb ich ebenso an wie die Universitätskliniken in Graz und Innsbruck. Primar Wenisch, der Leiter der Tropenambulanz im Wiener Spital, rief mich umgehend persönlich zurück, und wir hatten ein nettes Gespräch. Sollte irgendetwas sein, wäre ich jederzeit willkommen, sagte er zu mir. Die Grazer Klinik verwies auf den Landeskatastrophenplan. Im Falle eines Ebola-Verdachtes sollte ich eine Telefonnummer anrufen, der Rest würde dann schon irgendwie geklärt. Aus Innsbruck teilte man mir mit, dass eine Isolation möglich wäre, Betroffene würde man aber möglichst rasch nach München überstellen. Dies schien logisch, da dort sicher die größeren Ressourcen vorhanden sind.

Mir ging es aber gut, und so ging ich teilweise wieder arbeiten, versuchte aber trotzdem in der ersten Zeit große Menschenmengen und Patientenkontakt möglichst zu meiden. Aufgrund meiner Selbständigkeit musste ich etwas Geld verdienen. Erst nach dem zweiten Einsatz sollten die Regeln massiv verschärft werden, dazu später mehr.

Medien

An Ruhe war aber nach dem Einsatz nicht zu denken. Bis Ende August sollte ich der einzige Österreicher bleiben, der im Ebola-Gebiet im Einsatz gewesen war. Erst später entsandte auch Ärzte ohne Grenzen eine Psychologin und einen Logistiker aus Österreich dorthin. Deshalb meldeten sich laufend Medien bei mir. Natürlich mochte ich die Interviews, wer wäre nicht stolz darauf, sich im Fernsehen und in den Zeitungen zu sehen. Ich hatte aber nicht mit einer solchen Resonanz gerechnet. Bis Anfang Jänner, also in den folgenden sechs Monaten, gab ich nicht weniger als 55 Interviews, darunter fanden sich fast alle österreichischen Tageszeitungen und Fernsehsender. Interviewanfragen wurden ans Rote Kreuz gerichtet, das diese dann an mich weitergab. Ich bekam keinen Cent dafür, aber ich gab die Interviews gerne, weil sie natürlich auch wichtige Werbung für das Rote Kreuz und unsere Anliegen darstellten.

Ich nannte mich selbst gerne „das Sommerloch 2014". Was mir dabei aber zunehmend zu schaffen machte, war die Titulierung als „Held" in manchen Medien. Ich sah und sehe mich selbst nicht als Helden. Es ist mir bewusst, dass meine KollegInnen, meine Frau und ich Dinge tun, die 98 Prozent aller ÖsterreicherInnen nicht tun würden, trotzdem empfinde ich Unbehagen dabei, wenn man mich als Helden bezeichnet. Eine Tageszeitung führte mich sogar am Ende des Jahres auf Platz 4 der „Helden" zwischen Andreas Gabalier und Udo Jürgens – ich fühlte mich geehrt, aber irgendwie fehl am Platz. Irgendwann musste ich dann aber doch Interviews ablehnen, um wieder ein normales Leben zu haben. Auch meine Handynummer änderte ich. Ab einem bestimmten Punkt hatten einfach zu viele JournalistInnen meine private Telefonnummer.

Einige Begegnungen mit Medien waren besonders einprägsam. Dass ich noch während meines Einsatzes immer wieder Blogs veröffentlichte, bekam auch unsere PR-Verantwortliche Katherine in Sierra Leone mit. Ihr gefiel es, dass Kollegen wie ich ihre Gedanken auch schriftlich teilten. Sie bat mich schließlich, einen Blog auf Englisch zu schreiben, was ich gerne tat. Nachdem sie mein German-English etwas aufgepeppt hatte, stellte sie den Text auf die Homepage des Internationalen Roten Kreuzes. Der Beitrag war einige Tage lang auf der Startseite anzuklicken und zu lesen. Für mich und meine künstlerische Ader kam es einem Ritterschlag gleich und war wirklich schön.

Ein etwas schockierendes Erlebnis hatte ich Anfang Oktober. Nachdem ich um 2 Uhr früh aus Würzburg von einer Schulung zurückgekehrt war, sollte ich um 5.45 Uhr beim TV-Sender Puls 4 ins Frühstücksfernsehen kommen. Die bereits früh morgens gut gelaunte Maskenbildnerin vollbrachte so etwas wie ein Wunder: Man konnte meine Augenringe tatsächlich nicht mehr sehen. Nach einem sehr angenehmen Interview mit Bianca Schwarzjirg ging ich bereits um 6.15 Uhr wieder aus dem Studio, als mich ein Anruf am Handy erreichte. Ein Mann rief mich an, um mir mitzuteilen, dass er mich gerade im Fernsehen gesehen habe, nur um mir zu erklären, dass ich mich irrte. Er sei der festen Überzeugung, die einzige Möglichkeit, Ebola sicher einzudämmen und vor allem die Erkrankung in Afrika zu lassen, sei, dort einfach die Grenzen militärisch dichtzumachen und die Leute ihrem eigenen Schicksal zu überlassen. „Ausbrennen" nennt man diese Variante. Ich war zu perplex, um darauf zu antworten, und meinte nur, dass dies sicher nicht meine Meinung wäre und ich ihm noch einen schönen Tag wünsche. Manchmal fällt es mir wirklich schwer, meine doch passable Erziehung nicht zu vergessen. Schockierend war für mich nicht der Anruf selbst, sondern die Tatsache, dass ein Mann sich morgens um 6 Uhr die Mühe macht, sich wegen eines Interviews von vier Minuten meine Telefonnummer aus dem Internet herauszusuchen, nur um mir seine Meinung, an der ich nicht im Geringsten interessiert war, aufzuzwingen. Das war der Zeitpunkt, an dem ich beschloss, meine Nummer zu wechseln, auch wenn zuvor beschriebener Herr meine Ordinationsnummer, die öffentlich ist, angerufen hatte, und nicht meine private.

Ein anderes Erlebnis dreht sich um FM4. Riem Higazi hatte mich um ein Interview gebeten. Was mich bei FM4 erwartete, war eine total nette, charmante und vor Energie sprühende Frau, mit der ich eine bunte Mischung aus Englisch und Deutsch redete und wirklich viel Spaß hatte. Am Abend bekam ich ein E-Mail von ihr, in der sie sich nochmals bei mir für das Interview bedankte. Ihr Schlusssatz lautete: „YOU ROCK so sehr, es ist echt nimma lustig." Sie war auch die einzige Journalistin, mit der ich auch später noch dann und wann Kontakt hatte. Eines meiner letzten Interviews gab ich dann auf Bitten unserer PR-Abteilung im Urlaub. Es war der Kollegin etwas unangenehm mich zu fragen, aber meine Frau hatte nichts dagegen, und ich lag währenddessen am Strand mit Blick auf das Meer.

So oder so ließ mich das Thema Ebola nicht mehr los – nicht nur wegen der Interviews. Ebola hatte etwas in mir ausgelöst. Erstmals in meinen Einsätzen konnte ich zumindest teilweise als Arzt arbeiten, wenn auch nicht am Patienten. Ich kam zurück, fuhr im September auf Urlaub – aber da war etwas tief drinnen in mir, das mich weitertrieb und schließlich nach Liberia brachte

Ich im Leichensack zur
Demonstration [1]

Im Einsatz funktioniert die
Zusammenarbeit [3]

SIERRA LEONE

Checkpoint des MoH [3]

Die Invasion der „Marsianer" [1]

Unsere Nachricht wird durch
die Priester/Imame verbreitet [3]

Auf diesen Maschinen lernten die
Mädchen im CAR Center „Nähen" [1]

Sicherheit durch die Anzüge und trotzdem ist die Angst immer dabei [1]

Totengräber bei der Arbeit [1]

Mummy Queens [2]

MSF Kollegen bei der Arbeit [1]

Ausbildung des DBM Teams[1]

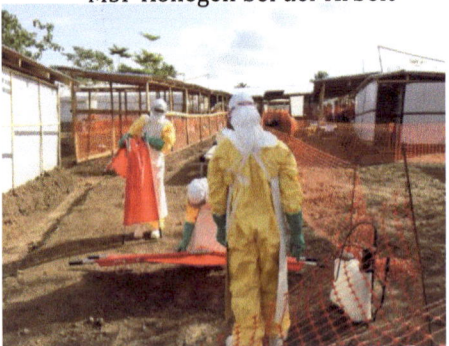

Leben in der WG [3]

LIBERIA

Hebammen at work [3]

Kasnocken liberianischer Art [3]

Hier werden Schwangere aus den Slums versorgt [3]

Neu erbaute Triage [3]

Diese beiden überlebten Ebola [3]

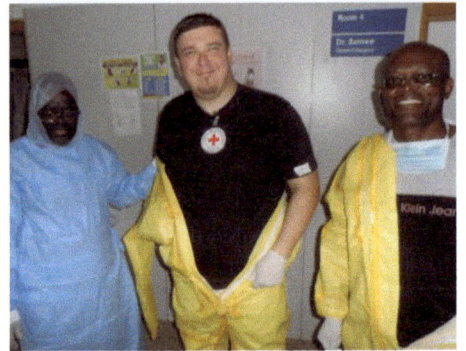
Training mit den Kollegen [3]

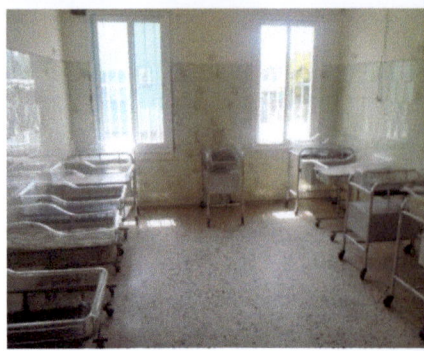
Kinderzimmer [3]

Umbau im Spital [3]

Neu errichteter Ausgang (Bauzeit 3 Tage) [3]

Positiver Verlauf durch Hilfe [3]

Mama Susu[3]

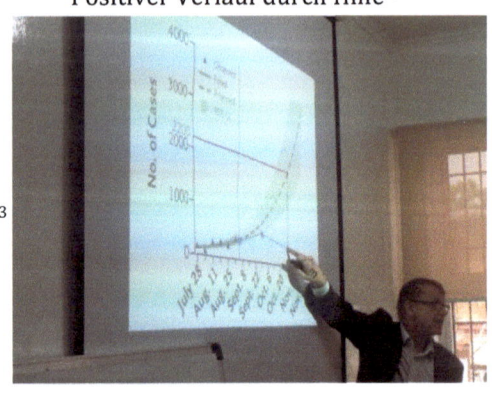

Siehe Fotonachweis S. 148

Liberia

Vorschusslorbeeren

Im Oktober 2014 erreichte mich eine Anfrage des IKRK – des Internationalen Komitees des Roten Kreuzes. Ich durfte und sollte nach Monrovia, der Hauptstadt von Liberia, gehen, um vor Ort zu helfen. Zum Zeitpunkt meiner Abreise war mir nicht klar, was ich dort genau tun sollte. Ich wusste nur, dass man mich sehnsüchtig erwartete. Die Angaben waren mehr als spärlich, und so wurde es abermals ein Flug ins Ungewisse. Nach einem medial gesehen heißen Sommer sprang beim Roten Kreuz die Werbemaschinerie an. So ging die Nachricht von meinem zweiten Einsatz durch die Medien, und sogar Barbara Stöckl, eine österreichische Moderatorin und Kolumnistin, hat in der „Kronen Zeitung" einen Beitrag über mich geschrieben, der sehr nett war und in dem es um den Kampf gegen Ebola ging. Diesen Artikel nahm ich zum Anlass für meinen ersten Blog:

„Sehr geehrte Frau Stöckl!

Vielen Dank für den unerwarteten und sehr nett geschriebenen Artikel in der Kronen Zeitung. In den letzten Wochen war so viel los, habe ich die Geschichten so oft erzählt, dass sie mich immer begleitet haben ... überallhin – bis in den Urlaub.

In Zeiten, in denen Menschen in Europa Angst haben, dass Ebola auch hier ausbricht, ist es nicht immer einfach, den Menschen zu erklären, warum diese Arbeit nicht nur mir persönlich wichtig ist. Die Angst, dass Menschen wie ich die Seuche nach Europa bringen könnten, ist nicht ganz unbegründet, aber wir werden geschult und geschult und geschult.

So wie auch Sie Ihr Projekt haben und Menschen helfen, denen sonst niemand helfen würde, halte auch ich es für wichtig, diesen Menschen zu helfen. Diese Hilfe für die Armen kann in Österreich passieren, aber auch im Rest der Welt. Leid findet man in der ganzen

Welt, und man darf aus meiner Sicht keinen geografischen Unterschied machen.

Nachdem sehr viele KollegInnen Angst haben, in das Gebiet zu fahren – was ich gut nachvollziehen kann –, habe ich beschlossen, am Mittwoch abermals ins Krisengebiet zu gehen. Ich werde fünf Wochen in Liberia verbringen und hoffe damit nicht nur Menschen in Afrika zu helfen, sondern auch den Menschen zu helfen, die in Österreich sitzen und Angst vor der Seuche, vor Ausländern und vor Menschen wie mir haben. Jeder Mensch, der in Afrika nicht erkrankt, ist ein Mensch weniger, der potenziell in Afrika und später auch in Österreich diese schreckliche Krankheit verbreiten kann.

Danach werde ich drei Wochen getrennt von meiner Frau leben, damit sie, sollte mir doch irgendwo ein Fehler unterlaufen sein, nicht krank wird.

. . . und dann, wenn die Seuche unter Kontrolle und zumindest temporär besiegt ist, wird es keiner Artikel über mich und andere Menschen wie mich mehr bedürfen, und Menschen in Österreich müssen keine Angst mehr haben – zumindest nicht vor mir. Dann werde ich gerne Ihren Artikel wieder lesen und in Ruhe meinen PatientInnen in Österreich helfen, die dann hoffentlich keine Angst mehr vor mir haben. Denn dafür sind wir ÄrztInnen da.

Also langer Rede kurzer Sinn: Vielen Dank, dass es Menschen wie Sie gibt, die Menschen wie uns – Sie und mich – verstehen."

Déjà vu

Im Gegensatz zu meinem Einsatz in Sierra Leone ging es nicht direkt in mein Einsatzgebiet. Zunächst wurde ich in Österreich gebrieft. Eigentlich dauern diese Besprechungen ja einige Stunden, diesmal jedoch hatte ich so viele Pressetermine, dass Andrea, meine Chefin, ihre Sitzungen um das Pressekonzept herum planen musste. Das bedeutete für mich aber auch, dass ich an einem einzigen Tag elf Interviews geben musste. Nachdem ich den Arbeitsvertrag unterschrieben hatte, wurden zwei Interviews fürs Fernsehen und Radio aufgezeichnet. Die Reporterin des Fernsehsenders W24 ist in Wirklichkeit noch kleiner als erwartet, aber total sympathisch. Sie hat sich am Ende des Interviews tatsächlich dafür entschuldigt, dass sie mich mit ihren etwa 155 Zentimetern körperlich etwas in die Enge getrieben hatte. Ich war während des Interviews immer weiter in eine Ecke des Raumes gerückt. Anschließend musste ich gleich mit dem Taxi ins ORF-Zentrum fahren. Auf dem Weg dorthin gab ich zwei Radiosendern Interviews, beim Warten auf die Aufzeichnung beim ORF telefonierte ich mit zwei Tageszeitungen, und auf der Heimfahrt im Taxi gab ich noch einmal zwei Interviews. Nachdem ich auch alle meine Briefings hinter mich gebracht hatte, gab es noch einen Spaziergang zum ORF Wien, wo ich um 17.30 Uhr die letzte TV-Aufzeichnung des Tages absolvierte. Um 18.15 Uhr holte mich Barbara dann ab, um mich zum Flughafen zu bringen.

In der Nacht davor musste ich meinen Vater mit einem akuten Bandscheibenvorfall ins Krankenhaus bringen lassen. Er sollte in der kommenden Woche operiert werden. Meine Mutter kam zwei Tage später ebenfalls in die Rudolfstiftung, einem Wiener Krankenhaus, da sie Nierensteine hatte. Dies waren Situationen, bei denen man grundsätzlich überlegen konnte und musste, ob man nicht doch lieber daheim bleiben sollte. Ich entschied mich aber dagegen, da ich wusste, dass ich keines von beiden ändern oder auch selbst eingreifen konnte. Dies mochte für Außenstehende vielleicht schwer begreifbar sein, aber als Arzt hat man zu solchen Dingen einen anderen Zugang. Außerdem hatte ein Kollege vom Roten Kreuz, der auf der Neurologie Station arbeitete, versprochen, sich gut um meinen Vater zu kümmern.

Wir werden uns an den Abschied wohl nie gewöhnen, auch wenn wir ihn schon viele Male erlebt haben. Zwei Wochen nach meiner Rückkehr aus Sierra Leone ging meine Frau für fünf Wochen in den Süd Sudan. Danach machten wir gemeinsam Urlaub, nur um kurze Zeit später ein Spezialtraining in Würzburg zu absolvieren. Erst durch dieses Training war man seit kurzem befugt, für das Rote Kreuz in den Ebola-Einsatz zu gehen. Dies erschien mir eine sehr gute Idee, hatten doch die Ausbildner durchwegs bereits Erfahrung mit Schutzkleidung beziehungsweise selbst schon Einsätze im Ebola-Gebiet absolviert. Ich denke, bei allem Enthusiasmus, den MitarbeiterInnen haben, muss ihnen auch die tatsächliche Gefahr bewusst gemacht werden. Einsätze sind kein Abenteuerurlaub – zumindest habe ich sie nie als solchen empfunden. Speziell aber im Ebola-Kontext musste jedem, der dort hin ging, klar sein beziehungsweise klargemacht werden, dass jeder Fehler, jede Unachtsamkeit zu einer Infektion und damit zum Tod führen konnte.

Wir standen also ein weiteres Mal beim Check-In und wussten beide nicht, was zu sagen war. Abermals war unser Abschied gekommen. Der Flug ging diesmal nach Genf, wo ich beim Komitee meine letzten Instruktionen erhalten sollte. Das Komitee ist vorwiegend in Krisen- und Kriegsgebieten aktiv. Es führt Besuche bei Gefangenen durch und ist für die Verbreitung des humanitären Völkerrechts und die Kontrolle der Einhaltung der Menschenrechte verantwortlich. Dementsprechend müssen Stellungnahmen der MitarbeiterInnen sehr genau geprüft werden, da sie sich in einem sehr fragilen und politisch nicht immer einfachen Gebiet bewegen. Eine falsche Aussage kann das gesamte Rotkreuz-System in dem betroffenen Land zum Einsturz bringen.

Ein gutes Beispiel für die wertvolle Arbeit des Komitees war Haiti. Bereits weit vor dem Erdbeben war das IKRK im Land aktiv, um etwa verurteilte Menschen in den Gefängnissen zu besuchen und für die Einhaltung der Grundrechte zu sorgen. Viele Häftlinge waren Mitglieder von Gangs, die große Bezirke wie Side du Soleil in

Port au Prince regierten. Beim großen Erdbeben 2010 wurde unter anderem das Gefängnis zerstört, und vielen Insassen gelang die Flucht. Trotzdem war es dem Haitianischen Roten Kreuz immer wieder möglich, auch in diesem Stadtteil zu helfen, da die Gangs unsere Organisation bereits aus den Gefängnissen kannten und unsere Arbeit schätzten.

Genf

Dementsprechend hatte ich bereits im Vorfeld um ein Medienbriefing in Genf gebeten, um zu klären, was ich medial durfte und was nicht. Mein Ansprechpartner Thomas war ein netter, etwas ruhiger Mensch, der sich verwundert, aber erfreut darüber zeigte, dass ich bloggen wollte. Für mich war es eine gute Ablenkung von der Arbeit, und für die Menschen daheim stellte es eine Möglichkeit dar, an meinem Einsatz teilzuhaben. Wir vereinbarten, dass Interviews während des Einsatzes tabu seien, da ich mich voll auf die herausfordernde Arbeit konzentrieren sollte. Dies kam mir entgegen, da der Rummel der Medien um mich zuvor doch deutlich zugenommen hatte und damit mehr gewesen ist, als mir lieb war. Meine Blogs mussten, bevor ich sie nach Wien zur Veröffentlichung schickte, gegengelesen und genehmigt werden. Dies war aus dem Kontext heraus logisch und für mich in Ordnung. Ich entschied mich, jedes Mal auch eine englische Zusammenfassung zu schreiben, da es im Büro zwar KollegInnen mit Deutschkenntnissen gab – Schweizer halt –, aber Thomas nur Englisch sprach. Die restlichen Briefings liefen ähnlich ab wie in Wien: Gesundheit, Administration, Ebola 1, Ebola 2 und Sicherheit.

Man kann sich fragen, was das IKRK in Liberia macht, da dieses Land damals weder ein Krisengebiet war, noch gab es dort Krieg. In Liberia herrschte aber bis 2003 Bürgerkrieg. Dementsprechend war das Internationale Komitee hier vor Ort gewesen. Bis zum Beginn des Ebola-Ausbruches gab es eine immer kleiner werdende

Delegation von zuletzt vier MitarbeiterInnen. Durch Ebola wuchs der Personalstand bis zu meiner Abfahrt auf knapp zwei Dutzend ausländische MitarbeiterInnen an. Die lokalen Angestellten waren noch gar nicht mit eingerechnet. Speziell auf dem Gesundheits- und Hygienesektor wurden einige MitarbeiterInnen rekrutiert.

Am ersten Abend in Genf riss der Träger meines Rucksacks, was bei 23 Kilo Füllgewicht eher schlecht war. Ich bin ja kein Schwarzseher, sonst hätte ich spätestens da umgedreht. Davor hatten manche auf Facebook halb im Scherz geschrieben: „Schön dich kennengelernt zu haben." Und einer meiner besten Freunde hatte gemeint: „Meine Frau möchte dich nochmal sehen." Mir war klar, dass er es nicht so krass gemeint hatte, wie es bei mir angekommen war. Später relativierte sich der Satz dann wieder.

Hierin lag aber der große Unterschied zwischen dem ersten und dem zweiten Einsatz. Beim ersten wussten die Menschen, wussten selbst meine Familie und meine FreundInnen nicht genau, was ich tun würde. Dies hatte sich aufgrund der Medienberichterstattung und meiner Erzählungen geändert. Jeder wusste oder glaubte zu wissen, was ich tat. Nun ja, nicht einmal ich selber wusste nach dem Briefing genau, was ich tun würde. Alle Seiten waren darin bemüht, mir zu sagen, welch große Hoffnungen sie in mich hätten, was nun nicht unbedingt zur Stressreduktion auf meiner Seite beitrug.

Ich fand heraus, dass unser Team aus drei Personen bestand. Meine Chefin war eine französische Krankenschwester Anfang Dreißig, mein Kollege eine männliche Hebamme, also ein Geburtshelfer, aus Kenia. Ich solle die Wiedereröffnung einer Geburten-Station leiten und organisieren, so hieß es. Das schien mir damals äußerst abwegig, da ich das eher dem Hebamme (wie ich ihn ab jetzt nenne) zugestanden hätte. Mein Wissen über die Geburtshilfe beschränkte sich auf das, was ich im Krankenhaus Hartberg während meiner Ausbildung gelernt hatte. Aber das würde sich alles in Monrovia zeigen.

Da ich den Nachmittag frei hatte, konnte ich auf die Suche nach einem neuen Rucksack gehen. Dies erwies sich als nicht so einfach, da 90-Liter-Rucksäcke in keinem Sport- oder Wandergeschäft vorrätig waren. Da mein Flug erst am Abend ging, hatte ich aber genug Zeit, noch am Vormittag in den Globetrotter-Shop zu gehen, um hier einen letzten verzweifelten Versuch zu starten. Es gab dort zwar einen Rucksack in annähernd dieser Größe. Die Kosten von knapp 500 Franken, es waren in etwa 400 Euro, überstiegen mein angepeiltes Budget aber um mindestens das Dreifache, und dieser Einkauf hätte das Österreichische Rote Kreuz sicher zu Tränen gerührt. Ich fand schließlich eine robuste Reisetasche mit Rollen zu einem halbwegs vernünftigen Preis. So konnte ich am Abend meinen Weiterflug antreten.

Auf dem Flughafen hieß es dann erst einmal warten. Eine freundliche Frau beim Zoll fragte mich, wohin die Reise gehe. Als ich Liberia angab, hob sie die Brauen und fragte unwillig und überrascht: „WHY?" Meine Antwort war die übliche und wird sie auch bleiben: „I have the knowledge, I know what to do. Who should do this job if I don't do it?" Auf gut Deutsch: Wer soll es tun, wenn ich mit der geeigneten Ausbildung es nicht tue?

Ankunft in Liberia

Auf dem Genfer Flughafen träumte ich so vor mich hin – an Schlaf war die Nacht davor kaum zu denken gewesen. Ja, auch ich bin manchmal nervös. Plötzlich rief sogar das Außenministerium an, um mir alles Gute zu wünschen und mir zu versichern, dass man mich im Notfall unterstützen werde – egal ob mit Geld, diplomatisch oder bei einer etwaigen Rückholung. Wie bereits oben gesagt. „Ich bin nur einmal kurz weg, nicht tot oder krank! Also danke, Herr Minister Kurz, ich wünsche mir auch, wieder gesund heimzukommen." Nein, er war nicht selbst am Telefon. Tragisch eigentlich. Dass ich ihm das nicht wert war. Nach so viel Presserummel hatte man manchmal größenwahnsinnige Anwandlungen und Fantasien.

In Casablanca gab es dann einen kurzen Zwischenstopp, den ich fast vergeigt hätte. Liberia hat zwei Stunden Zeitunterschied zu Wien, Casablanca aber nur eine. Ergo dachte ich, es sei erst 20.15 Uhr, dabei war es schon 21.15 Uhr, was bei der Boarding-Zeit von 21.50 Uhr eng hätte werden können. Aber es ging sich alles aus, zumal der Flieger nach Monrovia– Überraschung! – ziemlich leer war. Man muss dazu wohl sagen, dass ich Mitte Oktober flog. Nur zwei Wochen davor hatte man Berichte aus Monrovia gesehen, wo Menschen in den Straßen vor den Krankenhäusern an Ebola starben, weil die Einrichtungen heillos überfüllt gewesen waren. Diese schrecklichen Bilder waren noch sehr präsent in Europa, und daher vermieden es alle Menschen, die nicht sehr gute Gründe dafür hatten, nach Liberia zu fliegen.

Nach überstandener Temperaturmessung auf dem Flughafen in Liberia freute ich mich, dass mein Gepäck da und unversehrt war. Sogar meine neue Reisetasche war unbeschädigt angekommen. Ich bekam ein Gratis-Visum, weil ich ein Schreiben des liberianischen Roten Kreuzes hatte, das vom Ministerium beglaubigt worden war. Ich wurde von einem netten Fahrer abgeholt, der mir ein Kuvert übergab. Ich kam mir ein bisschen vor wie Tom Cruise in einem „Mission Impossible"-Film, nur dass sich bei mir nichts zerstörte. Im Kuvert befanden sich mein neues Handy samt SIM-Karte, meine Hausschlüssel – aha, ich wohnte also in einem Haus – und einige Folder zum Thema Sicherheit. Als ich das Handy einschaltete, meldete sich auch gleich mein Deputy Head of Delegation, also der Stellvertreter meines Einsatzleiters hier in Liberia. Er war nicht zum Flughafen mitgekommen, was angesichts der Uhrzeit der Landung – 2:30 Uhr – verständlich war. Meine Frau hat später in ihrem fünf Monate dauernden Liberia-Einsatz alle MitarbeiterInnen persönlich zum Flughafen gebracht und verabschiedet und alle neuen KollegInnen auch auf dem Flughafen willkommen geheißen. Ich denke, dass kaum einer im Team wirklich verstanden hat, welche Leistung das war, mindestens einmal pro Woche um 2 Uhr nachts auf dem Flughafen zu stehen, wenn man um 6.30 Uhr wieder raus musste.

Mein Kollege am Telefon versicherte mir zunächst, wie sehr er sich freue, dass ich da war, und wie viel man sich hier von mir erwartete. Langsam wurde es unheimlich. Ich fragte mich, wie viel Werbung eigentlich von Wien aus für mich gemacht worden war. Mein Domizil, so konnte man es ruhig nennen, war eine Zweier-Wohngemeinschaft mit einem ägyptischen Kollegen. Einsätze für das IKRK dauern oftmals ein Jahr und länger. Hier wäre aus Kostengründen ein Hotel zu teuer gewesen. Die Organisation hatte in einem Bungalow-Komplex einige Wohnungen angemietet, in denen wir jeweils zu zweit wohnten. Es gab für jeden ein eigenes Zimmer mit Klimaanlage und WC, ein Gemeinschaftswohnzimmer sowie eine Gemeinschaftsküche. Die Wäsche konnten wir einmal wöchentlich waschen lassen.

Viele Wohnungen hatten einen Fernseher mit Satelliten-Schüssel, wobei diese die Bewohner selbst gekauft hatten. Bei einem Verbleib von zwölf Monaten und mehr waren die 400 oder 500 US-Dollar dafür durchaus gut investiert. Im Mietpreis war auch ein zentraler Pool für alle inkludiert. Ein bisschen Entspannung brauchte man ab und zu, und es war mir irgendwie unangenehm, an den Strand zu gehen, wenn rundherum Menschen starben. Da war mir der abgeschottete Pool, der uns nicht so zur Schau stellte, lieber. Wir wohnten keine 30 Meter vom Meer entfernt, hatten aber Badeverbot, da rundherum viel gestohlen wurde. Was auch immer wir besaßen, in Liberia galten wir als reich. Ein Leatherman oder ein MP3-Player waren hier Luxusgüter.

Liberia

Die Fakten zu Liberia:
Das Land ist mit ca. 97.000 Quadratkilometern etwas größer als Ungarn und hat vier Millionen Einwohner. Die Hauptstadt ist Monrovia.
Mit einem Bruttoinlandsprodukt pro Kopf und Jahr von 370 US-Dollar ist Liberia noch um einiges ärmer als Sierra Leone (580 US-

Dollar). Zur Erinnerung: Österreich liegt pro Kopf bei mehr als 48.000 US-Dollar.[5]

Geografisch befindet sich Liberia in Westafrika und grenzt an Sierra Leone im Norden, an Guinea im Osten und im Südosten an die Elfenbeinküste. Das Land selbst ist in 15 Counties (quasi Bundesländer) unterteilt.

Ich würde nur in der Hauptstadt Monrovia arbeiten und auch im weiteren Einsatz leider nichts vom übrigen Liberia sehen. Das störte mich zwar nicht weiter, da es genug Arbeit gab, es verleitete aber zu einer sehr einseitigen Sicht auf das Land. Zum Vergleich: TouristInnen, die zum Beispiel in der Dominikanischen Republik Urlaub in einem Club machen, sehen meistens nur diesen. Man könnte also anhand des Flughafens im Urlaubsland und des zweifelsohne schönen Clubs den Eindruck gewinnen, das Land sei reich und wunderschön. Letzteres stimmt für die dominikanische Republik wie für Liberia, aber der vermutete Reichtum ist leider in beiden Ländern nicht vorhanden.

Monrovia ist mir subjektiv etwas reicher als Freetown vorgekommen. Der direkte Vergleich der statistischen Zahlen zu den beiden Hauptstädten ließ mich dann aber doch stark an diesem Eindruck zweifeln. Deshalb hätte ich gerne auch ländliche Gebiete gesehen, um die beiden Länder wirklich vergleichen zu können. In Monrovia gibt es eine Hauptstraße, die durch die Vororte im Osten direkt in den Westen führt, wo die Stadt an die Küste grenzt, um dann weiter in den Norden abzubiegen und die Stadt wieder zu verlassen. Es handelt sich bei der Hauptstadt ebenfalls um eine Millionenstadt mit knapp 1,1 Millionen Einwohnern.

Ebola war hier gegenwärtig. Noch drei Wochen davor war Monrovia bekannt geworden, weil dutzende Menschen, die an Ebola erkrankt waren, auf den Straßen schlafen mussten und auch

---

[5] Daten der UNICEF Homepage (27.7.2015)

starben. Zu überfüllt waren die Krankenhäuser. In der Zwischenzeit hatte man begonnen, auch in Liberia ETUs zu bauen. Zu dem Zeitpunkt, als ich dort angekommen bin, gab es in etwa 400 Betten speziell für Ebola-PatientInnen. Die medizinische Hilfe wie auch das Dead Body Management liefen auf Hochtouren. Daher sollte meine Aufgabe hier eine ganz andere werden.

Das Gesundheitssystem war in Liberia bereits vor Ebola nicht sehr gut. Jetzt waren sehr viele medizinische Fachkräfte aller Sparten verstorben und hatten ein großes Loch hinterlassen. Schulen und Universitäten, in denen man neue ÄrztInnen und Pflegefachkräfte ausbilden hätte können, waren alle wegen des Ausbruches geschlossen. Doch selbst wenn man sie wieder öffnen würde, hätte man nicht über Nacht fertig ausgebildetes Personal bekommen.

Arbeitsbeginn

Nach der Ankunft in Monrovia hatte ich das Privileg, bis 8.30 Uhr schlafen zu dürfen. Der Bürobeginn war normalerweise 8 Uhr. Ich wurde abgeholt und in unser Büro gebracht. Sobald man das Eingangstor passierte und aus dem Wagen stieg, galt es zwei Dinge zu erledigen: Erstens ging man zum Guard und ließ sich mit einer Art Pistolen-Thermometer die Temperatur messen, zweitens ging man im Anschluss sofort weiter, um sich die Hände mit Chlorlösung zu waschen. Erst danach durfte man sein Büro betreten. Mit den Thermometern konnte direkt auf die Stirn gezielt und damit ohne Körperkontakt die Temperatur gemessen werden.

Meine direkte Vorgesetzte, also quasi die Head of Medical Team, entpuppte sich als französisches Energiebündel von etwa 155 Zentimetern Größe. Ich mochte sie sofort, und auch sie fasste schnell Vertrauen in mich. Der Dritte im Bunde war, wie bereits berichtet, der Hebamme. Gelegentliche Unterstützung sollten wir noch von einem deutsch-österreichisch-schweizerischen Kollegen erhalten, einem Arzt, der für die Ebola-Prävention in Gefängnissen zuständig war und uns nur hin und wieder beistehen konnte. Zusammen sollten wir einige Projekte betreuen und einiges auf die Beine stellen.

An sich wäre der erste Tag mit Briefings verplant gewesen, doch Laetitia, meine Chefin, änderte spontan die Pläne und schubste mich gleich ins kalte Wasser. Um 14 Uhr trafen wir Dr. Tim, Bruder George und Schwester Barbara. Sie waren für das Saint Joseph's Catholic Hospital verantwortlich und sollten in den kommenden Wochen wichtige Rollen bei meiner Arbeit spielen.

Dr. Tim war der Rektor einer christlichen US-Universität und bereits seit August – also bald drei Monate – hier, um zu helfen. Durch sein medizinisches Wissen und seinen christlichen Hintergrund fungierte er als Bindeglied zwischen dem St. Joseph's und dem Roten Kreuz. Er war stets bemüht, die Erwartungen beider Seiten realistisch einzuschätzen und alles am Laufen zu halten. Das Wichtigste aber: Dr. Tim war ein Mensch wie du und ich, überhaupt nicht abgehoben, und wenn er einmal bemerkte, dass er sich irrte, gab er das auch unumwunden zu. Der Erfolg dieses Projektes war wohl zum Großteil ihm zu verdanken.

Bruder George war der administrative Leiter des Spitals. Er war ein eher ruhiger und besonnener Mann, bei dem ich mir nicht vorstellen konnte, dass er als Leiter jemals laut werden könnte.

Schwester Barbara: Die Frau war der Fels in der Brandung. Die Nonne lebte und arbeitete schon seit 30 Jahren in Liberia. Viele meinten, gar nicht sarkastisch, sondern ehrfürchtig, sie wäre das heimliche Kirchenoberhaupt hier. Sister Barbara blieb und half auch während des Bürgerkrieges Jahre davor.

Sie zeigten uns das Spital, das etwa 150 Betten umfasste und eine Interne Station, eine Chirurgie, eine Pädiatrie und eine

Gynäkologie hatte. Sie waren sehr stolz auf ihr Haus, war es doch zu der Zeit, als es offen war, unser Referenzkrankenhaus. Sollte also jemand von unserem Team krank werden, würde er dorthin gebracht werden. Bis zu 80 Geburten pro Monat hatte es vor Ebola hier gegeben, etwa ähnlich viele wie im Krankenhaus in Hartberg, wo ich Teile meiner Ausbildung absolviert hatte. Leider war das Saint Joseph's geschlossen worden, da sich der ärztliche Leiter mit Ebola infiziert hatte. Nachdem bei ihm die ersten Symptome aufgetreten waren, hatte man ihn isoliert und getestet. Das Ergebnis war negativ, was sich fatal auswirkte. Das Problem bei den bekannten Ebola-Tests ist nämlich: Das Ergebnis kann erst bis zu 72 Stunden nach dem Auftreten von Symptomen positiv sein. Das bedeutet leider, dass man in dieser Zeit infektiös ist, das Virus aber noch nicht nachgewiesen werden kann.

Auf diese Art brach das Unheil über das Krankenhaus herein. Nicht nur der Leiter verstarb später. Da er zu Beginn als nicht infektiös gegolten hatte, war er als Krankenhausleiter natürlich von allen besucht worden. So infizierten sich unter anderem der Leiter des Labors, der administrative Leiter und weitere sechs Personen. Nur drei von ihnen überlebten die Erkrankung. Laut ihren Aussagen bekamen sie die letzten in Afrika vorhandenen Dosen von ZMAP, einem experimentellen US-Impfstoff. Die Oberschwester, so erzählte man mir, habe vielen ihrer MitarbeiterInnen das Leben gerettet. Sie habe trotz des negativen Testes ihre Leute angewiesen, das Krankenzimmer ausnahmslos nur mit Schürze und Handschuhen zu betreten.

Seit dem Ebola-Ausbruch Anfang August war das Krankenhaus nun geschlossen. Die Kinderabteilung und auch die Geburtshilfe mussten also ersatzlos gestrichen werden. 160 MitarbeiterInnen wurden weiter bezahlt, aber ohne Schulungen und ohne Plan würde diese wichtige Quelle an Hilfe nicht wieder eröffnen können.

Mein Wirkungsort

Diesmal sollte nicht der Tod im Mittelpunkt stehen – diesmal wollte ich versuchen, Leben zu schenken. Die Eröffnung der Geburtenstation war das Projekt, das man mir zugedacht hatte. „Vorbereitung und klare Abläufe", das waren wohl die wichtigsten Maßnahmen zur Vorbeugung und Verhinderung weiterer Ebola-Infektionen. Was mache ich, wenn jemand zusammenbricht? Wie verpacke ich Blutproben von potentiell Erkrankten? Worauf muss ich bei potentiell Erkrankten werdenden Müttern achten?

Es sollte eine große Umstellung werden, da alles, was wir in Sierra Leone getan hatten, bereits von anderen Personen gelehrt worden war. Wir waren nun bereits einen Schritt weiter. Ebola hatte bei meiner Ankunft den Höhepunkt überschritten. Dies klang vielleicht gut, wir sprachen aber zu diesem Zeitpunkt weiterhin von mindestens 500 bis 600 Neuerkrankungen pro Woche alleine in Liberia. Bei der bekannten Sterberate hieß das 400 bis 500 Tote. Zu Spitzenzeiten gab es wöchentlich um die eintausend Ansteckungen.

Das St. Joseph's Catholic Hospital war eines der größten und besten Spitäler in Monrovia. Bei unserem Treffen konnte ich mir das Spital zum ersten Mal ansehen. Auch bekam ich einen ersten Eindruck von meiner dortigen Aufgabe. Ziel war es, Bruder George und seinem Team zu ermöglichen, die Geburtsstation wieder zu eröffnen. Ich war kein Gynäkologe, das war allen von Beginn an klar, aber ich war Hygienespezialist. Und so stellte mich Dr. Tim allen, die wir trafen, als IPC-Spezialisten vor (IPC steht für Infection Prevention and Control – also Vorbeugung und Kontrolle von Infektionen). Es war nicht an mir, einer Hebamme zu sagen, wie sie ein Kind auf die Welt holen sollte. Aber es war an mir, sie im Umgang mit PPE zu schulen, ihren Arbeitsplatz in sichere Zonen aufzuteilen, solche mit geringem Infektionsrisiko und solche mit hohem.

Für all dies sollte ich sorgen. Ich war begeistert, skeptisch und eingeschüchtert zugleich. So schnell wurde man also zu einem Spezialisten. Ich hatte an diesem Tag ein langes Gespräch mit meinem Kollegen. Die Frage war, ob wir wirklich fachkundig genug waren, um den Ansprüchen gerecht zu werden? Er meinte sinngemäß: „Ja, es gibt sicher berufenere KollegInnen in Europa und Amerika; Menschen, die mehr Erfahrung haben im Umgang mit den Ereignissen, der Planung, der Schulung und dem Umbau von Stationen und den MitarbeiterInnen. Solange aber nicht einer seinen Hintern nach Liberia bewegt, um uns zu unterstützen, sind wir das Maß der Dinge." Tatsächlich gebrauchte er etwas harschere Worte, aber im Grunde hatte er Recht. Ich weiß nicht, ob ich mich irre, aber meines Wissens nach bin ich auch heute noch, mehr als ein Jahr nach meinem ersten Einsatz, der einzige österreichische Arzt, der in Westafrika beim aktuellen Ebola-Ausbruch geholfen hat. Sollte es andere geben, so bitte ich diese um Verzeihung, sie wären aber sicher an einer Hand abzuzählen.

Als Allgemeinmediziner ist man gegenüber Fachärzten von Zeit zu Zeit etwas eingeschüchtert. Es gibt den alten Spruch: „Praktische Ärzte können von überall etwas, aber nichts ganz." Das mag aus subjektiver Sicht zutreffen. Ich denke aber, dass speziell bei dieser Art von Einsätzen Leute gefordert sind, die aufgrund ihrer allgemeinen medizinischen Ausbildung auch flexibel genug sind, um auf täglich wechselnde Aufgaben und Herausforderungen und Ziele reagieren zu können. Dies schaffe ich nicht zuletzt durch meine Zusatzausbildungen, die ich auch beim Roten Kreuz genossen habe. Ich werde wohl nie einen Blinddarm entfernen oder ein Herz verpflanzen können. Aber ich würde eine Krankenstation so wieder eröffnen, dass keine MitarbeiterInnen sich der Gefahr aussetzen mussten, an Ebola zu erkranken. Mit solcherart gestärktem Selbstvertrauen besprachen wir im Büro die weiteren Schritte. Am Samstag, also zwei Tage später, würden wir zurückkommen und eine Art Planspiel veranstalten. Wir würden das Krankenhaus nach IPC-Standards einteilen und überlegen, welche Adaptierungen wir vornehmen mussten.

Arbeit an allen Ecken und Enden

Am nächsten Tag besuchten wir bereits weitere Projekte in den Slums von Monrovia. Zwei Geburtskliniken sollte derart geholfen werden, dass sie weiter ihre Arbeit machen konnten. Auch hier bestand unsere Aufgabe darin, dass den MitarbeiterInnen genug PPE zur Verfügung gestellt wurde und sie im Umgang damit geschult wurden, sodass sie sie optimal benutzen konnten. Geburtsklinik hieß übrigens in Monrovia: ein Gebäude mit einem Warteraum, einem Raum für Impfungen, einer Latrine und einem Raum, der als Büro und Geburtsraum in einem herhalten musste, darin ein bis zwei alte Gebärstühle. Geführt wurde diese Klinik von drei Hebammen und zwei HelferInnen. Pro Tag kamen sie auf bis zu drei Geburten, es gab keinen Nachtdienst. Das Einzugsgebiet einer Klinik umfasste rund 50.000 Menschen – in etwa der St. Pöltner Einwohnerzahl. Allein diese Tatsache machte uns alle sprachlos. Sollte diese Klinik geschlossen werden, hätten fünfzigtausend Menschen – besser gesagt die schwangeren und gebärenden Frauen unter ihnen – keinen Ort mehr, an dem ihnen geholfen würde. Weg... einfach so...

Liberia hat eine Kindersterblichkeit von etwa sieben Prozent, das heißt, dass 7 von 100 Kindern ihren fünften Geburtstag nicht mehr erleben. Auch bei der Müttersterblichkeit ist Liberia mit 0,77 Prozent (also 7 von 1000 Müttern, die den Zeitraum zwischen der Geburt und 42 Tagen danach nicht überleben) leider im vorderen Feld zu finden. Ohne den Einsatz der Hebammen würde diese Statistik vermutlich noch deutlich schlechter ausfallen. Im Vergleich dazu sterben in Österreich im Schnitt 4 von 1000 Kindern in den ersten fünf Lebensjahren, und weniger als 4 von 100.000 Frauen überleben die Geburt ihrer Kinder, und den Zeitraum 42 Tage danach, nicht.[6] In Summe wollten wir gemeinsam mit meinem kenianischen Kollegen, neben den beiden, zukünftig weitere zwei bis vier Geburtskliniken unterstützen.

---

[6] Daten von der UNICEF Homepage 27.7.2015

Was mir in Monrovia wirklich entgegenkam, war die 3G-Verbindung. Es gab dort ein wirklich passables Internet mit SIM-Karten zu halbwegs erschwinglichen Preisen: 10 Gigabyte kosteten 50 US-Dollar. Das bedeutete neben regelmäßigen Blogs an die Heimat auch regelmäßigen Kontakt mit meiner Frau und meiner Familie sowie meinen FreundInnen in Österreich. Diese Entwicklung der Kommunikationstechnik hat uns auch im Einsatz viel gebracht. So arbeiteten wir in Haiti erstmals mit einer Cloud, um halbwegs gefahrlos und sicher vor Viren Daten teilen zu können. Wobei aber jeder die Daten zur Sicherheit auch auf seinem Computer gespeichert hatte. In Sierra Leone war gerade das Gesundheitsministerium die Quelle der aggressivsten (Computer-) Viren. Um dieses Wortspiel auf die Spitze zu treiben, sei noch erwähnt, dass die einzige Möglichkeit, unsere Computer zu entviren, der immune Apple-Computer unseres Kollegen Mauro gewesen war. So viel zum Thema: „An Apple a day keeps the (net) doctor away!"

Bei meinem ersten Einsatz in Banda Aceh durften wir alle zwei Wochen kurz nach Österreich telefonieren, weil die Kosten sehr hoch waren. Vieles wurde und wird also immer leichter, wobei man sich aber nicht allzu sehr auf die Technik verlassen darf. In Haiti sah man NGOs, die alles via Tablets mitprotokollierten. Abgesehen davon, dass eine Stromversorgung im Einsatz selten gesichert ist, hinterließen die reichen Europäer mit ihren coolen Computern sicher nicht den besten Eindruck. Diese Vorurteile wollten wir nicht bedienen.

In Summe dürfte ich jedenfalls einen guten ersten Eindruck hinterlassen haben. Unser Head of Delegation fragte mich am Abend des zweiten Tages, ob die fünf Wochen Einsatz verhandelbar beziehungsweise verlängerbar wären. Dies verneinte ich aber von Anfang an, da ich im Dezember einige Termine in Wien hatte, die ich unbedingt wahrnehmen wollte. Laetitia meinte, ich solle sie nur in wichtige E-Mails miteinbeziehen und mich melden, sollte ich irgendwo Probleme haben. Ansonsten sei ich unabhängig und solle das tun, was ich für richtig hielte. Dieses große Vertrauen spornte mich natürlich an. Das Dead Body Management in Sierra Leone war das erste Mal gewesen, dass ich für einen eigenen Bereich im Einsatzfall volle Verantwortung übernommen hatte. Jetzt sollte ich alles Menschenmögliche tun, um eine Geburtsstation wieder zu eröffnen. Was das an Arbeit und Improvisation bedeutete, sollte sich aber erst in den kommenden Wochen zeigen.

Planspiel

Anders als bei Noteinsätzen mit der Wat-San-ERU, also der „Eingreiftruppe" des Roten Kreuzes musste ich mich in Monrovia daran gewöhnen, dass wir offiziell eine Fünf-Tage-Woche hatten. Ich sage offiziell, weil wir trotz alledem samstags Meetings mit Ministerien, dem St. Joseph's Hospital und anderen Organisationen hatten. Sonntags gab es tatsächlich ein bisschen Erholung im Pool und Zusammensitzen mit KollegInnen. Dies war etwas vollkommen Neues für mich und wirkte etwas befremdlich. Man darf dabei aber nicht vergessen, dass die MitarbeiterInnen des Rotkreuz-Komitees oft Verträge für zwölf, achtzehn oder mehr Monate haben. Das ist ein großer Unterschied gegenüber unseren intensiven fünfwöchigen Kurzeinsätzen. Nichtsdestotrotz wollte und musste ich aufgrund meiner Aufgabe das Projekt als Noteinsatz angehen. Und so kam ich in Summe bis zum Ende der Mission auf eine durchschnittliche Wochenarbeitszeit von knapp 60 Stunden.

Bereits am dritten Tag sollte unser Projekt konkrete Formen annehmen. Wir trafen alle wichtigen Damen und Herren des Krankenhauses. Dabei lernte ich Dr. Sango kennen. Er ist Chirurg und hat Ebola überlebt. Ein toller Mann, dem das Wohl der MitarbeiterInnen sehr am Herzen liegt. Ich traf auch Dr. Bow, den ärztlichen Leiter des Krankenhauses, seines Zeichens ein Gynäkologe und damals 74 Jahre alt. Oberschwester Christine war für das Pflegepersonal verantwortlich. Als letzte Ärztin trafen wir Dr. Fanta. Auch sie hat Ebola überlebt. Komplettiert wurde das Leitungs-Team durch Roberto, einem geschäftigen Argentinier, der im Auftrag seines Heimatordens alles tun würde, um die Eröffnung zu ermöglichen. Er war sehr zuverlässig und ein toller Kollege.

Wir unterteilten in einem Planspiel die Geburtenstation in verschiedene Zonen:

Grün: ohne Schutzkleidung – diese Zonen gab es nur im Eingangsbereich.

Gelb: mit leichter Schutzkleidung – für werdende Mütter, die gesund waren und aus verschiedenen Gründen darauf warteten, dass die Geburt bei ihnen losging.

Rot: alle Bereiche, in denen Kontakt mit Körperflüssigkeiten bestand – Untersuchung des Muttermundes, Kreißsaal, OP und ein kleines Zimmer, sollte eine Mutter nach der Geburt Fieber bekommen und eine Isolation notwendig werden.

Vor Ebola gab es zwar auch verschiedene Zimmer mit unterschiedlichen Funktionen. Die Kunst bestand aber nun darin, die Areale so einzuteilen, dass keine Gefahr der Keimverschleppung bestand. Die Zoneneinteilung ging ja noch, aber danach brauchten wir eigene An- und Auskleideräume, die nicht miteinander identisch waren. Wir brauchten Ausgänge, damit man nach dem Ausziehen der Schutzkleidung nicht ohne PPE nochmals durch einen roten oder gelben Bereich musste, und so weiter. Vor dem Krankenhaus sollte eine Triage erbaut werden, ein Ort, an dem die Körpertemperatur gemessen werden und die Schwangeren nach Ebola-Symptomen gefragt werden sollten. Erst wenn kein Verdacht auf eine potenzielle Ebola-Infektion vorlag, durften sie das Krankenhaus auch betreten. Das Problem dabei: Die Frage an eine Schwangere nach Erbrechen war vermutlich eher rhetorisch zu sehen. In Bälde würden Frauen dort nicht nur zur Entbindung hinkommen, sondern auch wieder zu den Vorsorge-untersuchungen.

Das bedeutete Schwangerschaftsübelkeit mit Erbrechen sowie Blutabnahmen, Impfungen – und damit verbunden ein erhöhtes Risiko für das Personal.

Alle Frauen mit Fieber wurden in das Community Care Center (CCC) gebracht. Dabei handelte es sich um einen Zubau direkt neben dem Krankenhaus, in dem Blut abgenommen und umgehend in ein Speziallabor gebracht werden sollte, ins Center for Disease Control (CDC), das amerikanische Seuchenamt, das im ELWA Spital untergebracht war. Die dortigen Top-SpezialistInnen versprachen uns, dass wir unsere Proben 24 Stunden täglich bringen durften. Da bei einem potenziellen Kaiserschnitt jede Minute zählte und ohne negativen Test nichts gemacht werden durfte, war ein verlässliches Labor für das Krankenhaus und auch unser Personal im wahrsten Sinne des Wortes überlebensnotwendig. Ein ähnliches Planspiel, bei dem Mann den Katastrophenfall übt, gibt es übrigens auch in Österreich bei der Offiziersausbildung des Roten Kreuzes oder bei diversen Water-and-Sanitation-Ausbildungen. Die Ironie: Ein Kollege hatte mir erzählt, dass bei so einem Planspiel zwei oder drei Jahre zuvor auch ein Ebola-Ausbruch durchbesprochen worden war. Keiner konnte damals ahnen, dass aus dem Spiel bitterer Ernst werden würde.

Wie legten sämtliche Transportwege fest: für die Patientinnen, für die Nahrung, für den Abfall, sogar für die Plazentas. Es klingt komisch, aber die Nachgeburt wurde jeweils im hintersten Bereich des Krankenhauses im Garten vergraben. Das hieß für uns, dass wir dort einen abgesperrten Bereich brauchten, in dem wir eine Grube dafür graben mussten. Die Plazentas mussten für alle Fremden unzugänglich entsorgt werden. Und wir überlegten auch, wie wir mit Schmutzwäsche umgehen mussten. Wäsche aus der roten Zone würde zum Beispiel verbrannt werden, das stellte die Spitalsleitung von Anfang an klar. Man sieht: Es genügte nicht, einfach nur Räume umzuplanen, sondern man musste wirklich auf alle Eventualitäten vorbereitet sein. In Summe hatten wir im Idealfall zwanzig Betten zur Verfügung, aber eben nur im Idealfall. Wir wollten zunächst mit sechs Betten beginnen, das Krankenhaus mit zehn. Am Ende einigten wir uns auf acht Betten, was mir schon leider sehr viel vorkam aber vertretbar war. Es waren fruchtbare fünf Stunden, in denen wir das Grundgerüst unserer Zusammenarbeit fixierten.

Aufklärungsarbeit

Ich hatte eine zum Teil recht undankbare Rolle, weil ich immer sagte: „Ihr, also das Personal, wollt Frauen und Babys retten. Mir sind diese zwar auch sehr wichtig, aber meine eigentliche Aufgabe ist es, dass sich hier im Spital keiner von euch mit Ebola infiziert. Das ist meine Priorität!" Was auch für mich selbst etwas hart klang, war für manche gar nicht verständlich. Als ich ihnen dann erklärte, dass eine oder mehrere erkrankte MitarbeiterInnen alle anderen und auch die werdenden Mütter anstecken könnten. Dies könnte zur Folge haben, dass das Krankenhaus danach für längere Zeit oder gar für immer geschlossen werden musste. Erst da verstanden sie meine Besorgnis etwas besser. Als eine geistliche Schwester, die nicht nur Nonne, sondern auch Chirurgin und Anästhesistin war, meinte, sie würde auch Mütter mit Ebola entbinden, wurde dies von Dr. Tim, der sonst immer auf Konsens aus war, entschieden abgelehnt. Ich war nicht persönlich beleidigt, weil meine Kollegin meinem Rat nicht traute, es war für mich aber ein Alarmsignal. Wenn jemand in einer Führungsposition eine solche Einstellung hatte, dann war dies eine potenzielle Gefahr für alle anderen im Team. Ich nehme an, wir hatten es auch Dr. Tim zu verdanken, dass die Kollegin nicht zu arbeiten anfing, auch wenn ärztliche Unterstützung hilfreich gewesen wäre.

Wie bereits früher erwähnt, gab es keinen bekannten Fall einer Ebola-kranken Schwangeren, deren Kind überlebt hat, und bei den Müttern lag die Überlebensrate weit unter 5 Prozent. Dafür durften wir nicht die Gesundheit des gesamten Operationsteams aufs Spiel setzen. Diese Entscheidung war zwar ethisch und moralisch hart, aber vertretbar. Obwohl wir hofften, nur gesunde Frauen auf der Station zu haben, würden wir sie alle nur in voller PPE betreuen, als ob sie Ebola hätten. Dies war eine wichtige Schutzmaßnahme, um etwaige Ebola-Infektionen, die durch die Triage durchrutschten, nicht weiter zu verbreiten.

Natürlich gab es auch in Liberia Vorurteile und Geschichten über Ebola, bis hin zur Frage, ob diese Krankheit wirklich existierte. Am Beginn der ersten Trainings erzählte Dr. Sango, wie er im Ebola-Center gelegen war und eine Kollegin aus einem anderen Krankenhaus neben ihm im Koma gelegen sei. Monitorüberwachung gab es keine. Dann wurde entschieden, den US-Impfstoff einzusetzen. Ein dritter Kollege starb leider kurz vor der Gabe, Dr. Sango und seine Kollegin überlebten. Auch diese sprach vor den MitarbeiterInnen, erklärte vieles und sagte am Ende ihres ergreifenden Vortrages: „EBOLA IS REAL!" Und noch einmal, mit leiser, bebender Stimme, man hätte die berühmte Stecknadel fallen gehört: „EBOLA IS REAL!" Sie erzählte, wie schlecht es ihr gegangen war, dass sie sich auf den Tod eingestellt hatte, und wie Dr. Sango ihr immer wieder Obst, Nahrung und Flüssigkeit gegeben und sie so am Leben gehalten hatte. Einige hatten Tränen in den Augen. Auch ich war berührt von ihrer Erzählung.

Dann setzte Dr. Sango wieder ein und berichtete, wie genervt er gewesen war, weil sie, als es ihr besser ging, so viel sprach und allen ihre Geschichte erzählen musste. Wie es einem geht, wenn man mit dem Leben bereits abgeschlossen hat und dann doch noch eine zweite Chance bekommen hat, kann ich mir nicht einmal entfernt vorstellen. Schließlich erzählte uns Dr. Fanta, wie sie ihr fünf Monate altes Baby weggeben musste, weil sie positiv getestet worden war, nicht aber ihr Kind, und wie sehr sie sich darüber freute, ihr Kind wiederzusehen, womit sie nicht mehr gerechnet hätte. Beide Frauen waren stark, sehr stark geworden. Sie waren Heldinnen hier, in der Pause wollte jeder ein Foto mit ihnen machen. Dr. Sango war vor kurzem von „Newsweek" interviewt worden. Bei allen Schicksalen hier hatten er und die anderen diesen Heldenstatus verdient. Die MitarbeiterInnen waren unruhig, ungeduldig, wollten arbeiten und Menschen retten. Es machte mich stolz, diese Menschen zu unterstützen. Keiner von ihnen wird jemals in Europa oder den USA berühmt werden, das wollen sie auch gar nicht. Aber verdient hätten sie es alle.

Trainings

Eigentlich hatte ich am Beginn der Trainings vor, diese zu supervidieren. Da machten mir aber Dr. Sango und Dr. Tim einen Strich durch die Rechnung. Ich durfte mit sieben Hebammen gemeinsam die Schutzkleidung anziehen. Erst kleidete ich mich zum Vorzeigen an, dann kamen die Damen an die Reihe. Ärzte ohne Grenzen empfiehlt eine maximale Arbeitsdauer von 45 Minuten in dieser mobilen Sauna. Bis ich meine eigene PPE angezogen und dann die Hebammen kontrolliert hatte, waren bereits 25 Minuten vergangen. Danach wollten sich alle wieder ausziehen. Aber da später in der Kleidung gearbeitet werden musste, blieb ihnen nichts anderes übrig, als mir zu folgen. Wir gingen durch die Eingangshalle – ich tanzend und singend – die Damen etwas verblüfft und schwitzend. Sie folgten mir ins Freie, und wir umrundeten gemeinsam einmal das Krankenhaus, das waren in etwa 300 Meter. Ich wollte für gute Stimmung sorgen, also sang ich weiter, obwohl ich selber auch schon ziemlich fertig war. An den Schweißperlen der Mitarbeiterinnen sah ich, dass es ihnen genauso ging.

In den Vorbesprechungen hatte Dr. Tim noch drei bis vier Stunden in Schutzkleidung veranschlagt – diese Zeitspanne erwies sich bereits beim ersten Training als illusorisch. Das war aber einer von mehreren Punkten, die ich nur in der Praxis belegen konnte, damit die anderen mir wirklich glaubten. Dr. Tim korrigierte also seine Erwartungen nach unten, zumal nur der OP-Raum eine zentrale Klimaanlage besaß. In der Wartehalle genügte es schon, nur reglos dazusitzen, und man war bereits nach zwei Minuten schweißnass. Also wäre es hier unmöglich, die PPE zu tragen. Die übrigen Zimmer waren lediglich mit einem Wand-Klimagerät ausgestattet, das zwar für Abkühlung sorgte, aber ein längeres Tragen der ebenfalls ausschloss. Nach dem Rundgang leitete ich die Hebammen beim Ausziehen an und entledigte mich erst als Letzter meiner Schutzkleidung, die sich durch meinen Schweiß in eine mobile Dusche verwandelt hatte. In Wien hatte ich bei meiner PPE-Einschulung im Juni den Tipp bekommen, einfach die Arme zu heben, wenn es mir zu heiß werden sollte, damit der gesamte Schweiß aus den Handschuhen und Ärmeln am Körper entlang hinunterrinnen und ihn kühlen konnte. Aber so viel Schweiß konnte mein Körper gar nicht produzieren.

Ein weiteres Training wurde mit den Laboranten abgehalten. Hier ging es um das korrekte Abnehmen und Verpacken von Blutproben und um den gefahrlosen Umgang damit. Wir hofften zwar, keine Ebola-Fälle im Krankenhaus zu haben. Trotzdem mussten die Laboranten in voller Schutzausrüstung Blut abnehmen, es verpacken und dann übergeben. Die Blutproben fürs Labor würden mit Chlor besprüht und in einem Sack verpackt werden. Dieser würde verschlossen, ebenfalls besprüht und in einem zweiten eingepackt werden, der dann nochmals verschlossen, besprüht und danach in einem kleinen, bruchsicheren Plastikgefäß verpackt werden würde. Dieses würde abermals mit Chlor besprüht und anschließend von einem Fahrer ins CDC-Labor gebracht werden. Dieser würde als Überbringer zum Glück nur Handschuhe tragen müssen, keine volle Schutzausrüstung. Auch die Fahrer galt es zu schulen, ebenso das Reinigungspersonal und die Haustechniker. Letzteren musste klargemacht werden, dass Werkzeuge nicht mehr aus der roten Zone entfernt werden durften, sie also einen zweiten Satz Werkzeuge für die anderen Zonen benötigten. Und ich versuchte, auch die Reinigungskräfte zu motivieren, weil ihnen eine ganz besondere Rolle zukommen würde: Beim Verlassen der roten Zonen, also beim Auskleiden, bedurfte es nämlich immer einer Person, die sich selbst nicht in Schutzkleidung befand und die Anweisungen für die einzelnen Schritte gab, die deshalb gut implementiert werden mussten.

Diesen Job sollten die Reinigungskräfte übernehmen. Sie waren sichtlich stolz, dass zur Abwechslung einmal sie die Befehle geben durften, an die sich ÄrztInnen und Hebammen zu halten hatten. Es war ihnen aber auch klar, welche Verantwortung sie nun haben würden.

Zu guter Letzt musste das OP-Team trainiert werden, das über der PPE auch noch sterile Kleidung tragen würde. Denn neben dem Schutz der MitarbeiterInnen durfte natürlich auch die Hygiene im OP nicht vernachlässigt werden. Da sich niemand zuständig fühlte, fielen mir auch die Planungsarbeiten und leider zum Teil die Durchführung dieser Spezialtrainings zu.

Essen wie Gott in Liberia

Anders als in Sierra Leone hatten wir in Liberia eine schöne Küche in unserer WG. Mein Kollege Ahmed und ich wechselten uns beim Kochen ab, wobei sich die Art und Weise etwas unterschied. Alles, was er kochen konnte, hatte er von meiner Vorgängerin in der WG, einer Italienerin Ende Vierzig, angeblich Typ Mamma Miraculi, gelernt. Also es gab Reis und Pasta mit Huhn, wobei die Art der Zubereitung variiert wurde. Einzige Voraussetzung: Das Huhn musste halal sein, was in Summe nur einen Preisunterschied machte. Mein Kollege erklärte mir, was das genau hieß. Eigentlich, so erfuhr ich, konnte man im Notfall ein Huhn auch noch vor dem Verzehr halal machen. Aber es gab sie ohnehin nur so. Bei uns gab es das Hühnerfleisch also angebraten, als Piccata Milanese, mit Kokossauce, gedünstet, mit normalem Reis, mit Gemüsereis oder mit Spaghetti in Tomatensauce. Man kann ja so viel variieren, wenn man nur will. Was ich total süß fand, war Ahmeds Skepsis bezüglich meiner Essens-Kreationen. Ich kochte immer für zwei, da ich meistens als Erster daheim war. Das mag jetzt komisch klingen, wo ich doch so viele Stunden arbeitete. Aber der Ablauf am Abend war oft so, dass ich gegen 18 Uhr in die WG zurückkam, anschließend duschte und dann kochte. Ab 21 Uhr setzte ich mich dann nochmals zum Arbeiten vor den Computer, mitunter bis ein oder zwei Uhr nachts.

Am ersten Sonntag in Monrovia wurden wir von meiner Chefin und – von wem sonst – von unserer Ernährungsexpertin zum Essen eingeladen. Meine Kolleginnen kamen aus Spanien und Frankreich, Ahmed war Ägypter. Es gab faschierte Laibchen mit Nudeln und Salat. Es war wie im Film: Die Französin gab viel Senf dazu, die Spanierin viel Olivenöl, der Ägypter hätte eigentlich gar nichts dazu gebraucht. Barbara hat mich später gefragt, womit ich damals mein Essen verfeinerte. Als Österreicher mit angeheirateter Französin war ich natürlich geprägt und griff selbstverständlich zum Senf. Während des köstlichen Mahles schaute jeder den anderen ob deren Vorlieben interessiert und skeptisch zu. Sämtliche Vorurteile konnten bestätigt werden. Es war echt lustig.

Wenn wir des Kochens überdrüssig waren, fuhren wir ins nahegelegene Hotel. Unter der Woche gab es täglich ein anderes Themenbuffet. Italienisch mit Pizza, Pasta und Salaten war mein Liebling, aber auch das amerikanische Buffet mit Pasta, Burgern und Hot Dogs war okay. Die Hotels hatten schnell erkannt, dass man mit den Ausländern gutes Geld verdienen konnte, und sich schnell auf deren Wünsche eingestellt sowie die Preise angepasst. 17 US-Dollar musste man im Hotel für ein Buffet ohne Getränk zahlen, bekam aber sehr gute Qualität dafür.

Was sich in der Zwischenzeit bereits in ganz Liberia etabliert hatte, waren die 50 Liter Kanister mit Chlorlösung vor jedem Geschäft. Eintritt war nur nach Händedesinfektion gestattet. Wenn man bedenkt, wie in der Obstabteilung oft alles betatscht wird, und wenn man weiß, wie viele Menschen sich nach der Toilette die Hände nicht waschen, erscheint mir dies als eine durchaus lohnenswerte Investition auch für Österreich. BBC schrieb, dass auf Autobahn-Raststätten sich nur etwa 32% der Männer und 64% der

Frauen die Hände waschen.[7] Auch wir können daher noch etwas lernen. In Liberia aber war es interessant zu sehen, wie sehr die Menschen sich die Ratschläge zu Herzen nahmen, wie groß ihre Angst war.

Das Nonplusultra beim Essen war das Hotel Mamba Point. Nach der Händewaschung beim Eingang fand man ein Buffet, das größer war als alle anderen. Die Preise waren dementsprechend noch höher. Ich schaffte es nur zweimal dorthin, das war aber ohnehin genug. Das Hotel war mir zu dekadent und zu überteuert. Man bekam dort sogar genießbares Sushi, ich begnügte mich allerdings mit einem Burger. Am Beginn der zweiten Woche gab es dort ein Abendessen mit der Führung des St. Joseph's Hospital. Dabei konnte ich ein längeres Gespräch mit Schwester Barbara führen. Sie war begeistert davon, dass ich aus Österreich kam. Sie erzählte mir von einer Nonne aus St. Pölten, die auch seit vielen Jahren in Liberia lebte. Natürlich musste ich diese sofort anrufen und die ehrwürdige Schwester, weit über siebzig, freute sich, wieder einmal Deutsch sprechen zu können.

Wenn es während des Büroalltags zu Mittag schnell gehen musste, gab es keine 100 Meter entfernt eine Küche in einer Kirche. Jeden Tag servierte der Küchenchef dort Reis mit einer sehr scharfen Sauce und Fisch. Zwei Tage hintereinander konnte ich dort kaum essen, weil mir die Sauce sonst die Magenschleimhaut weggeätzt hätte. Unser Büro lag quasi im Industriegebiet, es gab dort weder Supermärkte noch Lokale. Oft arbeiteten wir auch durch, und aßen erst am Abend.

Verkehr und andere Hindernisse

Am zweiten Tag durfte ich mit unserer Cheflogistikerin die Fahrprüfung absolvieren. Üblicherweise haben wir bei Einsätzen im Ausland lokale Fahrer. Die Vorteile: Erstens

---

[7] BBC.com (27.7.2015)

sind sie ortskundig, zweitens haben sie erfahrungsgemäß weniger Probleme als AusländerInnen, sollte es wirklich zu einem Unfall kommen. Trotzdem mussten wir von Zeit zu Zeit auch selbst fahren. Es wurde natürlich niemand dazu gezwungen, aber in der Früh hieß es, ins Büro zu gelangen. In jeder WG beziehungsweise für je vier Personen musste ein Wagen im Lager sein, um im Notfall evakuieren zu können. Daher fuhren wir in der Früh selbst ins Büro und am Abend wieder heim. Ebenso am Wochenende, wo es einen, maximal zwei Bereitschaftsfahrer bis zum frühen Nachmittag gab.

Also musste und wollte ich mir die Fahrberechtigung holen. Ich musste dazu im Grunde nur beweisen, dass ich mit einem Land Cruiser umgehen konnte, ohne jemand anderen oder mich damit umzubringen. Wir fuhren also auf der Hauptstraße, auf einigen Nebenstraßen und auf unwegsamem Gelände. Nebenbei konnten wir uns etwas unterhalten. Meine Kollegin musste sich dabei auch kein einziges Mal krampfhaft irgendwo festhalten. Keiner meiner Freunde in Wien wird es glauben, aber ich kann auch sehr sanft fahren. Im Einsatz mache ich das immer. Auf jeden Fall bekam ich dann einen Blue Key, eine Art Chip, der meine Daten enthielt. Nur damit ließ sich der Land Cruiser starten. Von da an war ich unabhängiger, was mir vor allem fürs St. Joseph's Spital zugutekam, da ich öfter einmal zwischendurch hinfahren musste und meistens nicht wusste, wie lange es dauern würde. So blockierte ich nur ein Auto und nicht auch noch zusätzlich einen Fahrer.

An die Fahrweise musste man sich erst gewöhnen. Die Hauptstraße war vierspurig, also jeweils zwei Spuren in eine Richtung, und ähnlich wie in Wien war der Verkehr zur Stoßzeit jeweils nur in eine Richtung flüssig, die andere war verstaut. Da passierte es dann mitunter, dass die großen, schweren Geländewägen einfach eine dritte Spur eröffneten und mir auf meiner Seite entgegenkamen. Hier galt das Recht des Stärkeren. Taxis wiederum hatten die Angewohnheit, auf der Überholspur gemütlich dahin zutuckern, und der Fahrer hielt eine Hand aus dem Fenster in die Höhe. Die Anzahl der Finger, die er dabei zeigte, symbolisierte die

Anzahl der freien Plätze. Unvermittelt schwenkte so ein gelbes Taxi dann schon einmal nach rechts, um jemanden aufzunehmen. Blinker sind ja im Allgemeinen massiv überbewertet, einzig eine Hupe war wichtig, damit ein Auto verkehrstüchtig war. Was allerdings funktionierte, war die Warnblinkanlage. Das Queren der Straße zu Fuß grenzte an Masochismus und empfahl sich nur für Lebensmüde. Deshalb wurde, wenn ein Autofahrer dann doch einmal anhielt, die Warnblinkanlage eingeschaltet, damit die anderen Lenker wussten, dass sich gerade FußgängerInnen auf der Straße befanden. Das funktionierte auch recht gut.

Eine andere Gefahr ging von Regierungsfahrzeugen aus. Folgetonhorn und Blaulicht wurden üblicherweise ignoriert. Wenn allerdings ein Regierungskonvoi unterwegs war, wichen tatsächlich alle aus und blieben stehen. Meistens waren die ersten Fahrzeuge im Konvoi schwere Jeeps. Mich hatte niemand vorgewarnt, und so fuhr ich beim ersten Mal auch brav zur Seite, hielt aber nicht an, weil ja aus meiner Sicht genug Platz war. Plötzlich scherte ein Geländewagen aus und drängte mich zur Seite. Später klärten mich die Kollegen dann über den Usus auf – besser spät als gar nicht. Der Sinn dahinter hat sich mir bis heute nicht erschlossen.

Anfang der zweiten Woche fuhren wir zu dritt im Auto zum Büro. Es war Hauptverkehrszeit, es staute, und kurz bevor wir über die große Brücke fahren wollten, querte plötzlich ein Polizist die Fahrbahn und hielt uns total unmotiviert an. Man muss dazu sagen, dass zu diesem Zeitpunkt noch alle meine Papiere – inklusive Führerschein – im Büro lagen, wo sie für die Aufenthaltsbewilligung benötigt wurden. Der Polizist wollte nun aber alle Unterlagen sehen. Wir fanden heraus, dass er der Ansicht war, unser Pickerl sei abgelaufen. Später erfuhr ich, dass wir eine Sonderregelung hatten, die man aber an unserem Auto nicht ersehen konnte. Ahmed suchte die Zulassungspapiere, während der Polizist mir nicht glaubte, dass mein österreichischer Rotkreuz-Ausweis das einzige Dokument war, das wir benötigten. Okay, er hatte Recht – aber das würde ich natürlich niemals zugeben. Hinter uns bildete sich allmählich ein

Stau. Ich wollte nicht aussteigen und mich vor allem nicht mit dem Beamten anlegen. Plötzlich blieb vor uns ein Land Cruiser stehen, aus dem meine Chefin ausstieg, die den Polizisten um- und durchgehend mit Fragen bombardierte wie: „Was hat er gemacht?", „Was machen Sie mit ihm?", „Warum kontrollieren Sie ihn?" War der Polizist am Beginn noch rüde und siegessicher gewesen, so jagte ihm die knapp 1,55 Meter große Französin, die auf weit über 2 Meter anzuwachsen schien, gehörigen Respekt ein. Als dann neben uns noch ein dritter Land Cruiser anhielt und den Verkehr vollends zum Erliegen brachte, beeilte sich der eingeschüchterte Polizist, uns wegzuschicken. Was für eine Chefin! Ich notierte in meiner Liste mit Dingen, auf die ich achten musste: Auf keinen Fall mit der Französin anlegen!

Mama Susu, Yoga und Pizza

Eines Abends, als ich mit Ahmed aus dem Büro ging, fragte er mich, ob ich Hunger hätte. Als ich bejahte, lotste er mich in die City, die aus etwa jeweils sechs oder sieben Querstraßen besteht. Ich dachte, er wolle mir einen Supermarkt zeigen. Nachdem wir dann aber irgendwo geparkt hatten, führte er mich in ein unscheinbares Lokal. Die Herrin dieses Reiches war Mama Susu, eine dralle und sehr liebenswürdige Syrerin Ende Fünfzig. Sie hieß Ahmed willkommen und war sehr glücklich, dass ich neben Englisch auch Französisch mit ihr sprach. Mama Susu machte die besten Schawamas in Monrovia. Diese mit Gemüse und Fleisch gefüllten Teigfladen erinnern an das bei uns erhältliche Dürüm. Ich glaube, sie hatte mich recht schnell ins Herz geschlossen.

Als wir ein anderes Mal bei ihr waren, meinte sie nach den Schawamas, ich sähe noch hungrig aus, und so musste ich auch noch die Tageskarte kosten – natürlich gratis. Obligatorisch war nach dem Essen der syrische Kaffee, der inkludiert war. Als Mama Susu erfuhr, dass ich keinen Kaffee trank, bekam ich vorzüglichen

Tee serviert. Sie war auch eine typische Chefin. Einen Gast, der nach dem Essen einnickte, schickte sie heim mit den Worten, dass sie kein Hotel sei; einen anderen, der mit seinem Handy Musik hörte, wies sie zurecht, dass auch noch andere Menschen im Lokal seien und die Musik ihr im Übrigen nicht gefiele. Sie war ein echtes Original. 2015 sollte auch meine Frau während ihres Liberia-Einsatzes Mama Susu kennenlernen. Ihr Lokal ist ein absolutes Muss bei einem Aufenthalt in Monrovia. Man findet sie sogar auf Google.

Die „No Touch Policy" bedeutete nicht automatisch, dass wir keinen Spaß hatten. So gab es unter den Delegierten auch eine Yogagruppe, die sich ein- bis zweimal pro Woche traf und anschließend gemeinsam aß. Wir entdeckten sogar einen Pizzalieferanten. Ich dachte für ungefähr zehn Sekunden ernsthaft darüber nach, beim Yoga mitzumachen. Andererseits bräuchte man vermutlich ein Team von drei Leuten in PPE, um mich danach zu entknoten und vom Erdboden aufzuklauben. Aber die Social Meetings, wie sie so schön hießen, waren gut und auch wichtig. Oft gesellten sich auch KollegInnen von anderen Organisationen dazu, und man konnte informelle Kontakte knüpfen, Dinge nebenbei besprechen und voranbringen – dies alles unter Einhaltung der „No Touch Policy". Es gab keine Umarmungen, kein Händeschütteln oder anderen Körperkontakt. Auch das Yoga machte jede(r) für sich. Man darf nicht vergessen, dass wir, selbst wenn wir privat und vermeintlich unter uns waren, ja trotzdem gesehen wurden. Da waren die Wachleute, die Putzfrauen und andere. Und wegen des latenten Risikos einer Ebola-Infektion mussten wir auch in unserer Freizeit 24 Stunden am Tag Vorbilder sein.

Als zwei oder drei KollegInnen beim Betreten des Geländes meinten, sie müssten sich die Hände nicht desinfizieren, da sie in ihrem Büro ein Händedesinfektionsmittel hätten, beschwerte sich die Wache zu Recht und erfolgreich beim Head of Delegation. Einerseits ist es deren Aufgabe, sich darum zu kümmern, und andererseits müssen Regeln für alle gelten, nicht nur für unsere liberianischen MitarbeiterInnen. Darauf wies uns am nächsten Tag auch unser Chef hin. Wir könnten nicht Wasser predigen und Wein trinken, also Hygiene verlangen und grundlegende Regeln nicht selbst einhalten. Die Vorbildwirkung war sehr wichtig.

Bei allem Optimismus, den wir hatten, prägte die tägliche Präsenz der Dead Body Management Teams das Stadtbild. Auf der Hauptstraße sah man Pick-Up-Trucks, von denen Leichensäcke auf größere LKWs verladen wurden. Die Dead Body Management Teams des lokalen Roten Kreuzes hatten, geschützt durch ihre PPE, alle Hände voll zu tun. Es war uns allen eine ständige Warnung, bei all unserem Wirken nicht zu vergessen, warum wir hier waren und wie gefährlich die Arbeit weiterhin war.

Man sieht sich immer zweimal

Eine Geschichte fand ich interessant. Dazu müssen wir 1998 in Wien beginnen. Als Student arbeitete ich ehrenamtlich ein Jahr lang in einem Wiener geistlichen Krankenhaus. Es machte mir Spaß, und ich lernte extra Gebärdensprache, um eventuell in der Gehörlosenambulanz arbeiten zu können. Nach einem Jahr begann ich beim Roten Kreuz und legte die andere ehrenamtliche Tätigkeit zurück. Als ich dann 2006 mit dem Studium fertig war, bewarb ich mich eben mit dem Grundwissen in Gebärdensprache und dem Hintergrund, dass ich schon einmal, auch im Rahmen von Praktika, dort gearbeitet hatte, um einen Ausbildungsplatz. Diese Bewerbung wurde recht schnell und kurz angebunden zurückgewiesen. Ich durfte meine Ausbildung zum Arzt für Allgemeinmedizin schließlich ab 2008 in der Steiermark bei der KAGES (Krankenanstalten Gesellschaft) absolvieren. Ich beendete sie 2011 vorzeitig, weil ich einen Tropenmedizinkurs in Hamburg besuchte. Mir fehlten zu diesem Zeitpunkt nur noch zwei Monate Arbeit auf einer Station für Hals-, Nasen- und Ohrenheilkunde. Wieder zurück in Österreich suchte ich bundesweit nach einem entsprechenden Ausbildungsplatz für die fehlende Zeit. Der Leiter der HNO-Abteilung in dem geistlichen Spital im Burgenland sagte mir zu, da er meine humanitäre Arbeit beim Roten Kreuz guthieß und mich unterstützen wollte. Ich freute mich, wurde dann aber auch hier durch den Krankenhausleiter, beziehungsweise nicht mal durch ihn, sondern nur durch dessen Sekretärin abgewiesen. Das Krankenhaus gehörte demselben Orden an, wie jenes in Wien. Schlussendlich absolvierte ich die letzten beiden Monate im Heeresspital. Der geneigte Leser fragt sich nun vermutlich: Was hat das alles mit Liberia zu tun?

Nun, im Laufe des Aufenthaltes lernte ich die MitarbeiterInnen des Krankenhauses in Monrovia immer besser kennen. Irgendwann googelte ich einmal aus Spaß das Krankenhaus und sah, welchem Orden es gehörte. Da ich ihn – weil Englisch geschrieben- nicht kannte, fragte ich auch hier Dr. Google, und siehe da: Es gehörte genau dem Orden, der mich zweimal teilweise rüde abgewiesen hatte. Mir fiel dazu der Spruch ein: „Man sieht sich immer zwei Mal im Leben." Und ich war nicht nachtragend, sondern freute mich vielmehr, dass ich jetzt helfen konnte. Und ich konnte zeigen, was den Damen und Herren in Wien und im Burgenland entgangen war. Das war für mich eine zusätzliche Motivation. Wie viel mehr Werbung wäre es gewesen, wenn man hätte sagen können: „Ein Arzt aus unserem Spital hat den Schwestern und Brüdern in Monrovia geholfen." So kann ich sagen: „Ich tat es *nur* aus Liebe zum Menschen!"

Geburtstag am Strand und andere Feste

Ich bin es schon gewohnt, meinen Geburtstag nicht daheim zu feiern. Entweder bin ich gar nicht in Österreich oder zwar schon im Land, aber im Dienst beim Roten Kreuz. Ich war an meinem Geburtstag schon auf einem Truppenübungsplatz nahe Berlin, gemeinsam mit geschätzten 15 Millionen Gelsen südlich von Graz – und 2014 eben in Monrovia. Eigentlich wollte ich gar nicht groß feiern. Ich glaube, es ist mir bei Ahmed drei oder vier Tage vorher rausgerutscht. Wenigstens hatte er es nur Laetitia erzählt. So wollten die beiden mit mir am Abend Lobster essen gehen. Dabei handelt es sich um große, gegrillte Krebse. Wir fuhren gegen 19 Uhr zu einem Lokal direkt am Strand. Auch das war damals ein Geheimtipp, den ich später sogar im Internet finden konnte. Monate danach wurde die Golden Beach Bar sogar in einer Spiegel-Reportage erwähnt. Die KellnerInnen waren nicht die schnellsten, aber in einem Sessel am Strand, mit Blick auf das Meer und anschließendem Sonnenuntergang war das Warten schon in Ordnung. Da ich nicht selbst fahren musste, gönnte ich mir zur Feier des Tages ein Glas Wein. Es war ein nettes Beisammensein mit den beiden Menschen, mit denen ich mich bei diesem Einsatz am besten verstand. Zur Feier des Tages luden sie mich ein. Natürlich telefonierte ich auch mit meiner Schwester, Barbara, meinen Eltern und den Schwiegereltern. Ich war aber auch froh, dass es keine große Feier gab.

Eine Party hätte nicht zur Situation gepasst. Es hatte sich schon komisch angefühlt, als wir 2005 in Banda Aceh während des Tsunami-Einsatzes einmal im Meer baden waren. Unser Team Leader hatte einen ganz abgelegenen Strandabschnitt entdeckt, wo wir die Stunde – länger dauerte es nicht – im Wasser nach mehr als drei Wochen zwölf Stunden täglicher Arbeit genießen konnten. Ähnlich fühlte ich mich nun an meinem Geburtstag. Abgesehen davon sollten ja wegen der Krankheit Menschenaufläufe und Zusammenkünfte verhindert werden. Dadurch konnte es manchmal etwas kompliziert werden. Ab und zu kamen hygienetechnisch heikle Situationen vor: Als ein liberianischer Mitarbeiter heiratete, lud er das Team zur Hochzeit ein – das bedeutete 150 fremde Menschen auf engstem Raum. Unser Chef und ein Kollege gingen tatsächlich hin, der Rest von uns schickte zwar Geschenke, ließ sich aber entschuldigen. Es war ihm natürlich klar, dass es nicht persönlich gemeint war, und so freute er sich über unsere Geschenke und es wurde für ihn eine unvergessliche Hochzeit.

Die Doozers

Falls sich noch jemand an die „Fraggles", eine TV-Serie aus den 1980er Jahren, erinnert: Dort gab es die Doozers, kleine Baumeister, die den ganzen Tag arbeiteten, um ihr Bauwerk fertig zu bekommen. So ähnlich war das hier im Krankenhaus. Erst tat sich zwei Wochen lang nichts, und dann brach im positiven Sinn die Hölle los. Das CCC, also der Anbau für potenzielle Ebola-PatientInnen, wurde umgebaut. Am Samstag brachte der erste Lkw Material ins Spital. Am Dienstag wurden das Nebengebäude innen gestrichen, außen das Dach erneuert, ein neuer Ausgang durchgebrochen, ein Plateau errichtet, auf das man auch mit Betten und Rollstühlen hinausfahren konnte, und gleichzeitig ein Platz zum Auskleiden geschaffen. Der Elektriker und der Installateur hatten ihre Arbeit auch schon fast beendet, und die Triage war errichtet und bereits gestrichen worden. Das alles geschah innerhalb von zweieinhalb Tagen. In Österreich bräuchte man vermutlich drei Monate, um die notwendigen Papiere dafür zu bekommen, dann nochmals einen Monat, um die Ausschreibung zu organisieren, zwei Monate zur Finalisierung der Pläne, und nach zwei Monaten würden innerhalb von drei Wochen der Durchbruch und der Dachwechsel bewerkstelligt. Danach käme der Innenausbau, und nach vermutlich neun Monaten – also einer durchschnittlichen Schwangerschaft – wäre man endlich fertig.

Es war ein Gewusel von ArbeiterInnen, und unser Bauaufsichtsleiter Roberto war zu Recht stolz auf sein Haus. Auch auf unserer Station ging es voran. Die beiden Durchbrüche für die neuen Türen waren am Fertigwerden. Hatte ich mich am Beginn noch etwas geärgert, dass manche Dinge einfach langsamer passierten, als es möglich gewesen wäre – manchmal kam doch die europäische Mentalität durch –, so kamen wir nun zügig voran. Ich fand auch heraus, dass der Leiter des Krankenhauses, Bruder George, den ich als eher still und nicht so durchsetzungsfähig eingeschätzt hatte, ganz anders war als gedacht. Er war der Leiter einer Laborgruppe im St. Joseph's gewesen, und als sein Vorgänger an Ebola gestorben war, wurde George zum designierten Nachfolger bestimmt. Das wäre so, als ob ich nun vollkommen ohne Erfahrung das Allgemeine Krankenhaus in Wien leiten sollte. Von da an sah ich ihn mit anderen Augen, und dafür, dass er ohne Erfahrung plötzlich für die wirtschaftlichen Belange des Krankenhauses zuständig war, machte er einen wirklich guten Job. Ich zollte ihm auch Respekt dafür, wie er mit der psychischen Belastung zurechtkam, den Posten wegen eines Todesfalles übernommen zu haben.

Eternal Love Winning Africa

Was sich nach Flower Power anhört, war der volle Name der in Liberia gebräuchlichen Abkürzung: ELWA ist eine von Missionaren gegründete Organisation in Liberia. Diese hat nicht nur einen Radiosender, sondern auch ein Krankenhaus. Und sie stellte ihr Grundstück für den Bau eines Ebola-Centers zur Verfügung. Es gab somit ELWA 1, ELWA 2 und ELWA 3. Wenn man in Monrovia ELWA 2 hörte, wusste jeder, was damit gemeint war. Es war das Krankenhaus schlechthin. Genau in dieses Ebola-Center fuhren wir mit unseren Hebammen. Dieses Spital hatte seit dem Ausbruch durchgehend geöffnet und war für seine strengen hygienischen Richtlinien bekannt. Die dortigen Hebammen hatten für uns Besucher ein kleines Rollenspiel vorbereitet. Eine von ihnen spielte eine Gebärende, schrie und rief nach der Hebamme. Die andere zog sich seelenruhig an und ging erst zur Schwangeren, als sie sich fertig angezogen hatte. Im anschließenden Gespräch wurde immer wieder betont, wie wichtig die Schutzkleidung sei.

Sicherlich waren dies die gleichen Informationen, die unsere Hebammen auch von mir bekommen hatten. Aber die recht eindringlichen Aufforderungen durch Kolleginnen waren viel effektiver. Wie gesagt hatte ELWA auch während der Zeit mit vielen Ebola-Fällen stets seine Geburtenstation geöffnet gehalten. Trotz strengster Triage, also Vorselektion bereits außerhalb mit

Befragung und Temperaturmessung, hatten sie im Krankenhaus pro Monat einen Ebola-Fall, der durchs engmaschige Sicherheitsnetz gerutscht war. Da das Personal aber stets Schutzkleidung getragen hatte, waren sowohl die Angestellten als auch die gebärenden Frauen aufgrund des Berührungsverbotes gesund geblieben. Dies ließ auch unsere Hebammen nachdenken, und ich glaube, dass sie an diesem Tag erstmals so richtig verstanden, warum ich in Liberia war und so sehr auf diese Schutzkleidung pochte. Ich hatte auch gehofft, von ELWA Unterlagen zu bekommen, denn mittlerweile hatte ich einen neuen, aber sehr wichtigen Teil meines Projektes begonnen: die SOPs. Leider aber gab es keine.

Es gab mittlerweile verschiedene Organisationen, die Ebola-Center gebaut und eröffnet hatten: das Verteidigungsministerium, Ärzte ohne Grenzen, ELWA und die Regierungen von China und den USA. Sie alle waren stark ausgelastet.

Oft hörte man auch nachts die Sirenen, der Rettungswagen, die wieder neue Erkrankte dorthin brachten. Dann sah man wieder die Menschen in den Schutzausrüstungen, an die nicht nur ich mich bereits gewöhnt hatte. Ebola war noch lange nicht besiegt. Sogar das Wiener Rote Kreuz hatte aufgrund des Mangels an Transportmitteln in Monrovia vier Krankentransportwagen gespendet.

SOPs

Die „Standard Operation Procedures" (SOPs) haben in der Medizin schon lange Einzug gehalten. Während meiner Zeit beim Blutspendedienst mussten wir laufend neue oder geänderte SOPs unterschreiben. Es handelt sich dabei um Richtlinien für gewisse Tätigkeiten, Abläufe, Dienstwege, Hierarchien und ähnliches. Wenn ich nun in unserem Krankenhaus neue Regeln etablieren wollte, neue Abläufe und Wege, so mussten diese irgendwo niedergeschrieben und allen MitarbeiterInnen nachweislich zugänglich gemacht werden.

Ich begann also mit dem Projekt SOP. Am Beginn war ich noch der Meinung, dass das Ganze vielleicht drei oder vier Tage in Anspruch nehmen würde. Ich müsste lediglich aufschreiben, wie man Schritt für Schritt die Schutzkleidung erst an- und dann wieder auszog. Dies erschien mir plausibel und einfach. Sehr bald aber wurde mir klar, dass dieses Thema schier unerschöpflich war und ich vom Hundertsten ins Tausendste kam. Es war klar, dass man in der roten Zone nur die volle Schutzkleidung tragen durfte und in der gelben Zone die reduzierte Variante. Dafür musste man aber auch definieren, wo sich im Krankenhaus rote und gelbe Zonen befanden. Man musste außerdem die jeweilige PPE definieren, dazu deren Entsorgung und die Entsorgung des Mülls.

Natürlich wussten alle, dass man fürs Händewaschen oder auch für die Desinfektion der Kleidung unterschiedliche Chlorlösungen benötigte. Ich musste aber auch aufschreiben, wo genau in der Abteilung diese Lösungen stehen sollten, wer für ihre Herstellung verantwortlich war, ich musste ein Formular zur Überprüfung entwerfen und festlegen, wie oft die Lösungen zu wechseln waren. Dazu kamen weitere grundlegende Dinge: Welches Training und wie viele Einheiten mussten neue MitarbeiterInnen absolvieren, bis sie arbeiten durften? In welchen Abständen sollte das Personal im Umgang mit PPE geschult werden? Irgendwann träumte ich von Schutzkleidung, verschiedenfarbigen Zonen und zu entsorgendem Müll.

Die SOPs kosteten mich sicher drei Wochen an vorwiegend abendlicher Freizeit. So erklärt sich auch die viele abendliche Computerarbeit bis weit nach Mitternacht, weil ich um diese Zeit am besten ungestört arbeiten konnte. Ich versuchte nicht, das Rad neu zu erfinden, sondern benutzte Unterlagen von Ärzte ohne Grenzen und vom Gesundheitsministerium. Doch die beiden hätten teilweise unterschiedlicher nicht sein können. Zwar erfüllte das

Ministerium die Standards und ging nicht sorglos mit Ebola um, doch Ärzte ohne Grenzen hatte aufgrund der langen Erfahrung ein noch viel strengeres Procedere entworfen. Während das Ministerium zum Absprühen der ausgezogenen Schutzanzüge eine 0,05-prozentige Chlorlösung empfahl – was nach bisherigem Kenntnisstand eigentlich ausreichen sollte, um das Virus zu töten –, sollte die Lösung bei Ärzte ohne Grenzen sogar 0,5 Prozent haben, also die zehnfache Dosis. Dies entsprach auch meinem und unserem Sicherheitsempfinden. Der Spagat bestand nun darin, bei allem auf der sicheren Seite zu sein und trotzdem den offiziellen Stellen nicht zu vermitteln, dass wir ihre Richtlinien für schlecht hielten. Denn das waren sie ja auch nicht. Also wurden die SOPs zu einer Gradwanderung.

Am Ende meiner Bestrebungen hatte ich 35 Seiten zusammen, die von unserer kanadischen Wat-San-Kollegin gegengelesen wurden. Sie meinte, sie könne zwar fachlich nichts zu den Richtlinien beitragen, aber grammatikalisch als Native Speakerin Dinge verfeinern. Es war wie in der Schule, wo mir meine Englischlehrerin immer gesagt hatte, wie toll meine Aufsätze und auch meine Matura waren – allein der eine oder andere schwere Grammatikfehler hatte meine Noten gedrückt. Daher war ich für die grammatikalische Unterstützung dankbar. Die Papiere waren aber auch ohne Korrekturlesen verständlich. Ich denke, dass ich in Summe ein tolles Werk geschaffen habe.

Yes, but...

Im Laufe der Bauarbeiten war auch unsere Wat-San-Abteilung bemüht, uns nach Kräften zu unterstützen, um die planmäßige Eröffnung zu gewährleisten. Daher machte ich mich eines schönen Nachmittages im November mit unserem Wat-San-Spezialisten, auf den Weg ins St. Joseph's. Natürlich war auch ich Spezialist, aber durch die Projektkoordination zu sehr eingespannt, um mich um Spezialdinge zu kümmern.

Außerdem sehen vier Augen bekanntlich mehr als zwei. Ziel der Mission war es, alle Probleme zu eruieren, Lösungen zu suchen und nachzusehen, ob alles laufen würde. Also besuchten wir alle relevanten Orte im Spital und gingen alles noch einmal in einem Planspiel durch:

Für einen Operationsaal sind sterile Pinzetten und Skalpelle notwendig, also suchten wir den Sterilisator beziehungsweise Autoklav. Es gab zwei davon, und auf die Frage, ob diese denn auch funktionierten, bekamen wir die Antwort: „Yes, but . . ." Was dann folgte, war eine etwa 20 Sekunden lange Aufzählung. Am Ende konnte man kurz zusammengefasst sagen: Das eine Gerät diente als Ersatzteillager für das andere Gerät, und dieses brauchte ein Service, für das die Teile aus dem ersten Gerät nicht ausreichten. Eine deutsche Firma hatte die Autoklaven 1999 gebaut – es gab also vermutlich nicht nur keine Ersatzteile, sondern auch die Firma selbst nicht mehr.

Nächster Programmpunkt: Wasserversorgung. Auch die Antwort auf unsere Nachfrage zu den Wasserpumpen lautete: „Yes, but . . ." Es gab zwei verschiedene Quellen, aus der kleineren zog eine Pumpe Wasser, an der größeren hingen zwei. Die kleinere Quelle war wegen eines Materialdefekts schon länger unbenutzbar. Es blieb uns daher nur die zweite Quelle, wobei auch hier eine der beiden parallel geschalteten Pumpen schon seit einem Jahr defekt war. „Natürlich", so sagte man uns, „kann das Krankenhaus auch mit nur dieser einen Pumpe mit Frischwasser versorgt werden." Ersatzteile waren auch hier nicht zu bekommen.

Der nächste Weg führte uns in die Wäscherei: vier Waschmaschinen, zwei Trockner und ein Bügelgerät. Funktionierte die Wäscherei? „Yes, but . . ." Zwei Waschmaschinen und ein Trockner waren defekt, das Bügelgerät unter Umständen auch. Ersatzteile waren kaum zu beschaffen, da sie meistens, wenn überhaupt noch erhältlich, teuer aus Europa importiert werden müssten.

Geeignetes Material und auch Techniker waren Mangelware, selbst wenn man es in diesem Teil der Welt gewohnt war, zu improvisieren. Trotzdem gab es am Ende des Rundganges, der letztendlich knapp drei Stunden gedauert hatte, grünes Licht für den geplanten Start. Die Basics würden funktionieren – hatten sie das doch auch schon vor Ebola getan. Den Rest würden wir im laufenden Betrieb allmählich verbessern oder es zumindest versuchen.

Das Einzige, das ich von unseren Wat-San Kollegen dringend erbat, war eine Hochchlorung der Wasserleitung. Nachdem das Wasser aufgrund der Schließung des Krankenhauses für mehr als 14 Wochen in den Leitungen gestanden war, musste die Keimzahl durch Temperatur und Luftfeuchtigkeit schier unermesslich hoch sein. Wir würden das Wasser mit etwa acht Milligramm Chlor pro Liter versetzen. Zum Vergleich: Österreichisches Trinkwasser muss nach der chemischen Bearbeitung 0,5 Milligramm Chlor pro Liter aufweisen; ab einem Milligramm schmeckt es stark nach Chlor, über eineinhalb Milligramm interessanterweise überhaupt nicht mehr, was aber den hohen Chlorgehalt nicht besser macht. Damit würde alles, was sich verbotenerweise in den Rohren aufhielt, abgetötet werden. In Österreich werden die Wasserleitungen in Spitälern immer wieder mit mindestens 70 Grad heißem Wasser gespült, um so Bakterien umzubringen. Dies war aber in Liberia nicht möglich.

Farewell Dr. Tim wherever you may go ...

Am Freitagabend wurde für Dr. Tim und die Krankenhausleitung gekocht. Vierzehn Wochen lang war Dr. Tim ehrenamtlich in Monrovia gewesen und hatte dabei maßgeblich zu unserer Partnerschaft mit dem Krankenhaus beigetragen. Weitere Gäste waren Bruder George, Schwester Barbara und Dr. Sango mit Gattin. Meine mittlerweile Freujdin Laetitia wollte mit französischer Küche überzeugen und kochte

Boeuf Bourguignon. Als engagierter Hobbykoch – quasi der Jamie Oliver aus Wien 20 – nahm ich mir vor, den Gästen österreichische Hausmannskost zu servieren: Marillenpalatschinken und Kasnocken. Interessanterweise erfreuten sich die Kasnocken mit Speck und Gouda – in Liberia sehr teurer Luxuskäse - größerer Beliebtheit. Nichtsdestotrotz wurden auch die 17 Palatschinken erfolgreich vernichtet. Es war ein würdiger Abschluss für Dr. Tim, der nicht sofort in die USA zurückreisen wollte oder konnte.

Ein paar Tage zuvor war nämlich der Fall jener US-Krankenschwester in den Medien gewesen, die bei ihrer Rückkehr aus Westafrika quasi festgenommen worden war und seither in einem Zelt gleich neben einem Krankenhaus hausen musste. Mir ist klar, dass Menschen Angst vor potenziell Kranken haben. Aber Personal, das heimkam und keine Symptome aufwies, war nicht infektiös, dies bedeutete auch keine Ansteckungsgefahr. Das Wichtigste waren regelmäßige Temperaturkontrollen und beim Auftreten von Symptomen deswegen ins Krankenhaus zu fahren. Alles andere wäre übertriebene Panik und somit unnötig. Die Quarantäne bestand darin, daheimzubleiben und abzuwarten, dass die vorgeschriebenen 21 Tage vorbei waren. Man brauchte kein Zelt, kein Spitalszimmer oder sonstiges.

Ich verstehe, dass die Öffentlichkeit Angst hatte und auch heute noch hat. Aber selbst oder gerade eben die Gesundheitsministerien der betroffenen Länder, aus denen HelferInnen nach Westafrika kamen, hätten eigentlich wissen sollen, wie man sich mit Ebola ansteckt beziehungsweise davor schützt. Am nettesten fand ich die Meldung: „Bisher sind alle Tests negativ" – was eigentlich logisch war. Diese Tests würden vermutlich nie positiv werden, und wenn doch, dann nur, nachdem die Patientin Symptome gezeigt hatte. Vielleicht konnte ich durch meine Interviews im Laufe der Zeit etwas zum besseren Verständnis beitragen.

Dr. Tim entschied sich jedenfalls, zunächst einmal für drei Wochen nach Rom zu gehen, um fürs erste nichts zu tun, wie er sagte. Soweit ich wusste, ging er in ein Kloster, um Ruhe für sich und vor der Welt zu haben. Trotzdem nahm er das Temperaturmessen sehr ernst und kehrte später gesund in die USA zurück.

Eco Lodge

Während meiner fünf Wochen in Liberia schaffte ich es sogar einmal in die Eco Lodge, ein Hotel etwa 90 Minuten außerhalb von Monrovia. Weit und breit gab es kein Haus, keine Menschen – es war ein Stück Paradies in der Ebola-Hölle. Viele Organisationen verbrachten die Wochenenden dort, und man konnte es auch ein „informelles Treffen mit anderen, befreundeten Organisationen" nennen. Für den Eintritt von 10 US-Dollar bekam man Gratis-Liegen, einen Sonnenschirm und drei bis fünf Meter hohe Wellen. Es war nichts für ungeübte Schwimmer, und selbst unser sportlichster Kollege büßte seine Schwimmbrille ein. Zur Vorsicht fragten wir wegen der Wellen die Angestellten, ob jemals etwas passiert sei, dies wurde aber – natürlich – verneint.

Es war wirklich Entspannung, und man konnte dort alles für ein paar Stunden vergessen. Eine Übernachtung in der Eco Lodge kostete um die 150 US-Dollar und war vom Luxus her mit einem Mittelklassehotel in Europa vergleichbar. Für liberianische Verhältnisse hingegen war es eher ein Fünf-Sterne-plus-Hotel. Auf der Heimfahrt durfte ich selbst lenken. Wir hatten neben den obligatorischen Land Cruisern auch noch Geländewagen einer französischen Billigfirma, die sich auf den unbefestigten Straßen sehr gut schlugen. Natürlich ging die Sicherheit immer vor, aber ein bisschen Abenteuer durfte schon auch sein.

Auf dem Rückweg war das erste Bauwerk, das man an der Stadtgrenze sah, die Ebola-Station des Verteidigungsministeriums. So befand man sich schlagartig wieder in der Wirklichkeit, und fuhr zumindest vom Denken her nicht nur dem allabendlichen Stau, sondern auch der Gefahr wieder entgegen. Automatisch schaltete mein Gehirn zurück auf Vorsicht in den Ebola-Modus.

Die Kinderstation

Nachdem wir ja fleißig am Implementieren unserer Pläne für die Geburtenstation waren, meldeten sich auch die PädiaterInnen zu Wort. Sie wollten, wie auch alle anderen, wieder arbeiten und drängten darauf, gleich nach der Eröffnung der Geburtenstation auch die Kinderabteilung zu eröffnen. Das Thema war Teil unserer Gespräche mit der Leitung. Die Diskussion drehte sich vor allem um das Wie? Wann gehen Eltern in Österreich mit ihren Kindern ins Krankenhaus? Normalerweise dann, wenn sie Fieber haben, starken Durchfall oder permanentes Erbrechen, lauter Ebola-Symptome. Also musste jedes Kind, das in der Abteilung aufgenommen wurde, wie ein Ebola-positives Kind behandelt werden. Das sahen die KollegInnen ein.

Illusorisch wurde es allerdings, als sie meinten, man könne die Kinder ja in Betten stecken. Falls dann die Familien kämen, könnte man zwei Linien im Abstand von zwei Metern aufzeichnen, die die Kinder nicht überschreiten dürften. Wie erklärt man aber einem Kind – einem Zwölfjährigen oder gar einem Einjährigen –, dass es seine Mutter zwar sehen, aber auf keinen Fall zu ihr hingehen darf? Das war unrealistisch. Daher erforderte das Projekt ein ganz anderes System. Die KollegInnen hatten auch bei den Ärzten ohne Grenzen um Hilfe angefragt. Diese wurde ihnen zwar zugesagt, aber nur zu deren Konditionen, beim Orden war man aber nicht gewillt, die Leitung aus der Hand zu geben. Daher zerschlug sich das Projekt wieder. Beide Standpunkte waren verständlich. Ärzte ohne Grenzen hatte die Erfahrung und wollte das Projekt auf seine Weise durchziehen, um die Sicherheit zu gewährleisten. Der Orden wiederum wollte Teile seines Krankenhauses nicht in fremde

Hände legen. Ich fühlte mich nicht imstande, dieses Projekt auch noch anzugehen. Daher wurde es auf 2015 verschoben, auch wenn dies nicht im Sinne der KollegInnen war. Sie sahen aber ein, dass zu viele Baustellen auf einmal das ganze Spitalsprojekt scheitern lassen könnten.

Ö3 und andere Werbung für uns

Etwa zur Halbzeit meiner Mission bekam ich eine telefonische Anfrage von einer Rotkreuz-Kollegin aus Österreich. Der Radiosender Ö3 wollte mit mir sprechen. Das überraschte mich doch einigermaßen, da mir in Genf doch nahegelegt worden war, mitten im Einsatz keine Interviews zu geben, weil ich mich ganz auf die Mission konzentrieren sollte. Auf meine Nachfrage, wie sie denn die Kollegen in Genf überreden hatte können, meinte sie lediglich, sie habe eben ihre Fähigkeiten eingesetzt. Wie auch immer... Auf jeden Fall wurde der Termin für dieses Interview dann zu einem Großtermin. Alles in allem dauerte er zwar nur eine Dreiviertelstunde. Aber wir schafften nicht nur die Radiosender Ö3 und Ö1, sondern auch noch zwei österreichische Tageszeitungen und die interne PR-Abteilung des Österreichischen Roten Kreuzes. Ich hörte mich dann zeitversetzt im Radio, ein komisches Gefühl, aber irgendwie auch nett.

Ich wurde im Ö1-Interview gefragt, wie ich dazu stehe, dass bestimmte Politiker meinen, man solle den Menschen in Österreich helfen, nicht denen im Ausland. Ich entgegnete aus voller Überzeugung, dass ich Arzt geworden bin, um Menschen zu helfen. Es sei zweifelsohne egal, wo dies geschehe. In Österreich gibt es viele ÄrztInnen, die PatientInnen betreuen. Ich bin einer davon. In Liberia bin ich einer von wenigen, die helfen wollen. Wenn ich also dort gebraucht werde, gehe ich dort hin, weil in Österreich genug Hilfe übrig bleibt. Es ist keine Wertigkeit, da ich keinen Unterschied zwischen meinen PatientInnen mache.

Kein Mensch verlässt seine Heimat freiwillig, wenn wir also den Menschen dort helfen, Hilfe zur Selbsthilfe, bleiben diese Menschen auch eher daheim. Man muss ihnen nur eine Perspektive zum Überleben geben. In Summe wäre das dann auch für diese Politiker von Vorteil, wenn weniger Flüchtlinge kämen – führte daher deren Forderung ad absurdum. Auch hier versuchte ich, keine politische Botschaft zu senden, sondern eine humanitäre.

Man muss abgesehen von den Interviews sagen, dass das Internationale Rotkreuz-Komitee auch anderswo sehr begehrt war, wir uns gut verkaufen konnten. Unsere Expertise in Ernährungsfragen im Ebola-Bereich war unbestritten. Die Küche der Catering-Firma, die von uns betreut wurde, versorgte unter anderem auch die ETU (Ebola Treatment Unit) der USA und wurde am Ende auch von den deutschen KollegInnen für deren SITTU (Severe Infection Temporary Treatment Unit) auserkoren.

Diese war eine Erfindung des Deutschen Roten Kreuzes und war der Versuch, eine Krankenstation für PatientInnen zu etablieren, die diese aufnahm, speziell, wenn Ebola-Symptome aufwiesen, aber negativ getestet worden waren. Oftmals wollte diese Personen kein anderes Spital mehr behandeln, aus der grundlosen Angst vor einer Ansteckung. Diese Menschen sollten auch der medizinischen Versorgung zugeführt werden. Unsere Küche bot einfach die am besten geeigneten Speisen für Ebola-Patienten. Ich muss dazu sagen, dass unsere Ernährungsexpertin eine wirklich kompetente und sehr nette Spanierin war. Sie ging extra zwei Tage mit voller PPE in eine ETU der Ärzte ohne Grenzen und half bei der Versorgung der PatientInnen mit Essen. Dabei versuchte sie eine optimale Ernährung zu finden: nahrhaft, leicht verdaulich und für Menschen, die noch normal essen konnten gleichermaßen geeignet wie für jene, die dies kaum noch schafften. Sie bekam dafür, ob der potenziellen Gefahr einer Ansteckung, nicht nur Lob, war sich aber des Risikos bewusst, und der Nutzen für die PatientInnen war enorm. Als Rotkreuz-MitarbeiterIn muss man im positiven Sinne etwas verrückt sein. Die Gefahr war kalkulierbar und durch die

Unterstützung der erfahrenen MitarbeiterInnen von Ärzte ohne Grenzen abschätzbar.

MoU und LoA

Wir lieben Abkürzungen – je schräger desto besser. Im Lauf meiner Mission durfte ich immer wieder neue Wortkreationen kennen lernen. Unter anderem gesellten sich das MoU (Memorandum of Understanding) und der LoA (Letter of Agreement) zu meinem Wortschatz. Im LoA wird grob festgelegt, worauf man sich bei einem Projekt einigt, was man plant. In unserem Fall waren die Parteien wir – also das ICRC – und der Orden des Krankenhauses. Das MoU ist dann in etwa der Vertrag, der von den Beteiligten geschlossen wird, in dem die einzelnen Rechte und Pflichten der Partner sowie die Leistungen, die von beiden Seiten erbracht werden, genauer festgeschrieben stehen. In die Erstellung des MoU war ich massiv eingebunden – es gab etwa 15 Versionen, die immer wieder korrigiert werden mussten. Dieser Vertrag sollte natürlich von beiden Seiten akzeptiert werden. Es ging darin um die Anzahl des Personals, welche Leistungen das ICRC zur Verfügung stellte, und welche Aufgaben der Orden zu erfüllen hatte. Wir einigten uns über eine Laufzeit und eine Exit-Strategie, also wann und in welchen Fällen die Kooperation beendet werden würde. Ebola sollte ja nicht ewig in Liberia wüten.

Einige Diskussionspunkte, wie die Anzahl der diensthabenden Hebammen, waren schwer auszuhandeln. Wenn man mit Menschen zusammensitzt, die fürs Management zuständig sind, ist es als Praktiker schwer, ihnen klar zu machen, dass eine Hebamme im Dienst sich nach einer Stunde in voller Schutzausrüstung einfach einmal ausruhen muss und nicht gleich für andere Arbeiten einsetzbar ist. Zu Beginn war Dr. Tim eine große Hilfe gewesen, da auch er genug Zeit in PPE verbracht hatte. Nach seiner Abreise lag es an mir, die Damen und Herren zu überzeugen. Wir einigten uns am Ende auf einen Personalschlüssel, der sich automatisch mit mehr Betten erhöhen würde. Dies führte aber auch dazu, dass das Krankenhaus mehr Hebammen einstellen musste. Die Angst der Verantwortlichen, dann auf Dauer zu viele Hebammen zu beschäftigen, mussten wir ernst nehmen. Laetitia und ich schlugen deshalb vor, zeitlich begrenzte Verträge auszuhandeln. Damit waren alle Beteiligten einverstanden.

Die Erstellung des MoU war halbwegs einfach; die Feinheiten mit Genf und dem Orden auszuarbeiten, war da schon schwieriger und zum Glück nicht meine Aufgabe. Damit durfte sich meine Vorgesetzte herumschlagen. Alles in allem waren nach einigen Gesprächen dann alle Dinge geklärt. Man war mit den Rechten und Pflichten einverstanden. Man hatte sich auf eine Mindestdauer geeinigt, ebenso über einen Ausstieg nach dem Ende von Ebola. Der Plan sah vor, am Tag meiner Abreise das Krankenhaus zu eröffnen. Dies war kein von mir gewählter Termin, sondern vom Krankenhaus so gewollt. Ich erfuhr, dass nicht nur ich heimfliegen sollte, sondern dass auch Roberto, der Abgesandte des Ordens, im selben Flugzeug wie ich Liberia verlassen sollte.

Wir wollten den Krankenhausbetrieb mit acht Betten wieder aufnehmen, was sich nicht nach viel anhörte, durch die neuen Gegebenheiten aber gerade noch realistisch erschien. Allein der Umgang mit der PPE war gewöhnungsbedürftig und musste Schritt für Schritt auch praktisch umgesetzt werden. Dabei wollten wir alle Beteiligten nicht unnötig durch eine große Patientenzahl stressen und verunsichern. Meine In Summe galt auch hier: Jedes neue Bett war eine Bereicherung des Gesundheitssystems und half der Bevölkerung.

Statistische Wahrheiten

Im Lauf des Einsatzes war ich bei unzähligen Meetings. Eines, das mir im Gedächtnis geblieben ist, hat bezeichnenderweise an einem Samstagvormittag, also offiziell in meiner Freizeit stattgefunden. Dabei hielt einer der besten Statistiker aus Schweden, eine Koryphäe auf seinem Gebiet, einen Vortrag und erklärte, dass wir jetzt in der zweiten von drei Phasen waren. Dies sei jene Phase, in der alles besser wurde, aber gleichzeitig auch die Gefahr der neuerlichen Verschlechterung sehr groß war. Er mahnte uns, genauso weiterzumachen wie bisher, um den Aufwärtstrend zu forcieren. Oft geschah es, dass Politiker im Radio erwähnten, dass alles sichtbar besser wurde. Von diesem Zeitpunkt an dachten viele Menschen, es sei alles vorbei, und hielten sich nicht mehr an die strengen Sicherheitsregeln. Dies wurde dann zum Nährboden für neuerliche Erkrankungen. Dabei gab es tatsächlich schon viele Verbesserungen: Händedesinfektion vor jedem Geschäft, Temperaturmessung vor allen offiziellen Gebäuden und generell ein vorsichtigerer Umgang miteinander.

Ein sehr eindrückliches Bild zeigte der Statistiker uns zum Thema: Wie sinnvoll ist unsere Hilfe? Auf dem Dia war eine Kurve zu sehen, die steil nach oben zeigte. Sie stellte die Anzahl der potenziellen Neuerkrankungen ohne Intervention da. Zu diesem Zeitpunkt wären es bereits weit mehr als 3.500 pro Woche gewesen, *neue* PatientInnen wohlgemerkt. Das Dia zeigte aber auch einen kleinen Strich. Dieser symbolisierte den Weg, den die Erkrankung dank uns allen genommen hatte. Zum damaligen Zeitpunkt waren dies in etwa 250 Neuerkrankte pro Woche. Natürlich waren auch diese bei weitem zu viele, aber es war ein Schritt nach vorne. Das alles machte uns Hoffnung für unsere weitere Arbeit.

Gleichzeitig machte uns der Vertreter der Präsidentin darauf aufmerksam, dass immer neue Organisationen und Ländervertreter nach Liberia kommen wollten. Er dankte dafür, gab aber auch zu Protokoll, dass diese neuen Organisationen flexibel sein mussten. Die meisten von ihnen wollten in die Hauptstadt Monrovia, die erstens über den Flughafen am leichtesten erreichbar war, zweitens medial sehr gut ausgeschlachtet werden konnte und drittens aus logistischer Sicht die geringsten Probleme bescherte.

Er fragte, was weitere Ebola-Krankenhäuser mit weiteren 100 Betten in Monrovia nützten, wo doch zum damaligen Zeitpunkt bereits die Hälfte der dortigen Betten leer war, während in den ländlichen Gebieten im Süden noch einige kleinere Einheiten benötigt wurden. Der Regierungsvertreter machte aber zugleich auch allen Hoffnung, dass der Trend in die richtige Richtung gehe.

Für viele KollegInnen war dies eine wirklich gute Nachricht, hatte es doch knapp drei Wochen vor meiner Ankunft Fernsehbilder von sterbenden Menschen gegeben, die auf den Straßen lagen. Diese Bilder hatten auch mich im Urlaub bewegt und motiviert, nach Liberia zu kommen. Meiner Frau war es ebenso ergangen. Der Abgesandte meinte auch, er finde es interessant, dass sich erst jetzt, als eine in Liberia eine sichtbare Besserung der Lage bemerkbar war, mehr Länder am Kampf gegen Ebola beteiligen wollten. Er zählte bewusst einige auf und äußerte seine Verwunderung darüber, dass es nun, im Oktober, für nötig hielten, sein Land zu besuchen, wo doch die ersten Fälle in Liberia bereits im Juli aufgetreten waren. Trotzdem war natürlich jede Hilfe willkommen.

In weiterer Folge beschlossen einige der angesprochenen Länder und Organisationen, ihre Hilfsangebote wieder zurückzuziehen. Die Aussicht auf einen Einsatz weit ab von Monrovia schien ihnen mutmaßlich nicht zuzusagen. Auch war die Aussicht auf eine geringere Fallzahl und damit eine verminderte Bettenauslastung nicht ganz so reizvoll. Aus dieser Grundhaltung wurde zwei Monate später vom Deutschen Roten Kreuz die Idee der SITTU geboren, um sinnvoll helfen zu können.

Quo vadis Schutzausrüstung?

Eigentlich hätte es mich stutzig machen müssen, dass bisher alles so glatt gelaufen war. Es gab natürlich auch hier Tage, die man lieber einfach vergessen wollte oder an denen man besser im Bett geblieben wäre. Aber wie heißt es so schön: Für jedes Problem gibt es auch eine Lösung. Nachdem die bestellten Schutzausrüstungen aus Genf eingetroffen waren, hatten wir uns die gelieferten Teile angesehen: 5.000 Schutzanzüge, die nicht so waren, wie wir uns das vorgestellt hatten. Was wir bekommen hatten, waren Overalls, die zwar nicht die besten, aber durchwegs sicher waren. Es war also Jammern auf sehr hohem Niveau. Vom Schutz her hielten sie locker. Leider waren es aber andere Modelle, als wir sie bisher, etwa in Sierra Leone, hatten. Sie schlossen nicht am Kinn, wie es sein sollte, und hatten auch keine Kapuze, sondern endeten bereits am Hals. Das war vom Hersteller so vorgesehen, da zusätzlich ein Kopfschutz aufgesetzt wurde, der bis auf Brusthöhe herunterreichte. Es ähnelte entfernt einer traditionellen Nonnentracht.

Dass ich jammerte, war wohl am ehesten eine Sache der Gewohnheit. Also nicht das Jammern, aber die Art der Anzüge, mit denen ich zuvor gearbeitet hatte, war es, an die ich mich gewöhnt hatte. Die österreichischen Overalls wurden angezogen, ein Reißverschluss machte sie dicht, danach wurde ein integrierter Klebestreifen zugeklebt, um den Reißverschluss zu schützen. Damit konnte man nirgendwo hängen bleiben und den Anzug unter Umständen beschädigen. Die neuen Anzüge hingegen hatten keinen Klebestreifen und waren auch vom Material her dicker. Unsere gewohnten Modelle waren sicher und stabil, dabei aber relativ dünn und luftig, während die neuen eher Regenjacken glichen. Natürlich war alles auch ein Kostenfaktor, aber ich wollte meine Leute möglichst gut schützen.

Theoretisch sollte der Träger oder die Trägerin der neuen Ausrüstung voll geschützt sein. Leider aber waren aus mir unerfindlichen Gründen nur die Overalls, nicht aber die Hauben angekommen, womit bei uns 5.000 nutzlose Overalls herumlagen. Zum Glück hatte das Krankenhaus noch einiges auf Lager. Zum Ärgern war es allemal, aber wir, vor allem unser medizinischer Logistiker Ahmed, arbeiteten an der Lösung dieses Problems. Der Vorteil der vielen Organisationen und zunehmend leeren Betten in

Monrovia war, dass es auch viele ungebrauchte PPE gab, die wir uns ausborgen konnten. Wir hatten dem Personal versprochen, nur dann zu eröffnen, wenn wir den Schutz aller MitarbeiterInnen garantieren konnten. Das hielten wir auch ein. Laetitia, meine Chefin, war da wirklich toll im Improvisieren.

Zu diesem Zeitpunkt hatte Monrovia zwischen 400 und 500 Betten für Ebola-Kranke und eine weiter rückläufige Anzahl von Erkrankten. Ich hatte mir nach den Vorkommnissen in Sierra Leone vorgenommen, genauer nach der Ausrüstung zu sehen, um eine neuerliche Panne zu vermeiden. Wir hatten zwar abermals Probleme, aber durch den rechtzeitigen Check konnte Schlimmeres vermieden werden. Durch den Stress mit der Ausrüstung kam ich an diesem Tag eine Stunde später als geplant ins Krankenhaus. Ab neun Uhr war abermals ein Training angesetzt, und drei Trainer waren anwesend, um wieder eine Gruppe von MitarbeiterInnen zu schulen. Ich hatte angenommen, dass die ausgebildeten Trainer bis zu meiner Ankunft in der Zwischenzeit mit den 15 MitarbeiterInnen das An- und Ausziehen der PPE üben würden. Doch nein, die Gruppe saß wartend im Schatten. Das war aber keine Faulheit, sondern sie warteten einfach auf mich, weil ich ja der Boss war, wie man mir sagte. Da erkannte ich, dass ich mich wirklich zu sehr in die Sache hineinziehen hatte lassen.

Mein ursprünglicher Plan war ja gewesen, die Trainings zu supervidieren und einfach darauf zu schauen, dass alles lief. Mit dem ersten Trainingstag aber, an dem Dr. Tim mich als Lehrenden miteingeteilt hatte – damals freilich noch aufgrund fehlender Trainer –, wurde ich zu tief in den Ablauf mit hineingezogen. Im Gespräch versuchte ich den Unterrichtenden dann klarzumachen, dass sie sehr wohl in der Lage waren, die Schulungen auch ohne mich durchzuführen. Nicht jeder durfte unterrichten, man musste einen zweitägigen Kurs beim Gesundheitsministerium samt Abschlussprüfung absolvieren. Ich machte aber auch klar, dass ich mein Einverständnis zur Wiedereröffnung nur dann geben würde, wenn die Trainings reibungslos verliefen und die zwei Übungstage auch funktionierten. Dies erhöhte die Motivation zum Üben.

Übungstage

Je näher die Wiedereröffnung rückte, umso mehr veränderte sich im Team. Laetitia feierte nach zehn Monaten Abschied und wurde durch Martin, einen Schweizer Kollegen, ersetzt.
Sie freute sich auf Genf und danach Frankreich und ich war ihr für ihr Vertrauen und ihre Hilfe sehr dankbar. Die Übungstage konnte sie leider nicht mehr sehen.

Diese waren quasi ein Trockentraining mit freiwilligen Damen, die Gebärende spielen würden. Auf diese Art und Weise sollten die neu installierte Triage, bei der der Erstkontakt mit Temperaturmessung und Befragung stattfand, das CCC, also das Nebengebäude, in dem potenziell Ebola-positive Menschen vorübergehend untergebracht würden, und die Geburtenstation erstmals zusammenarbeiten. Martin, mein neuer Chef, kam ebenso zum Training wie Ordensleute vom Krankenhaus. Auch einige Vertreter anderer Organisationen hatten sich angekündigt. Es war also nicht nur für das Team intern wichtig, sondern hatte auch eine Signalwirkung nach außen. Wir hatten bereits begonnen, Plakate für den Eingang drucken zu lassen, und eine Radiokampagne sollte gestartet werden. Dabei wollten wir darüber informieren, dass das St. Joseph's Hospital zwar wieder eröffnet wurde, aber zu Beginn nur die Geburtenstation. Das bedeutete, dass nur schwangere Frauen dort aufgenommen würden, bei denen die Wehen eingesetzt hatten. Es hing viel für das weitere Vorgehen des ICRC von diesen beiden Übungen ab.

Der logistische Aufwand war enorm. Wir versuchten das Personal in zwei Gruppen zu teilen, wobei eine Gruppe am Montag die Übung absolvierte, die andere am Dienstag. Natürlich waren bereits am Montag fast alle da, um den KollegInnen zuzusehen. Dr. Sango hatte seine Triage gut im Griff und zeigte, wie er sich alles vorstellte. Er war ein strenger, aber gerechter Chef. Ich versuchte gleichzeitig, das Labor und die Geburtenstation inklusive OP-Team zu beschäftigen. Keine leichte Sache, da ich nicht immer klar zwischen Arbeitenden und Schaulustigen unterscheiden konnte. Aber das An- und Ausziehen der Schutzkleidung funktionierte recht gut. Die Leute vom Putzteam mussten noch etwas ermutigt werden, die Befehle für das Ausziehen zu geben. Alles in allem gab die Übung aber Grund zur Hoffnung.

Wir mussten die Schwestern oft bremsen, da ihnen langweilig wurde. Auf Nachfrage gaben sie aber an, dass es auch vor Ebola Zeiten gab, in denen sie wenig zu tun hatten. Wir versorgten sie aber mit genügend „Schwangeren". Sie mussten sich einige Male an- und auch wieder ausziehen. Die Schwangeren-Darstellerinnen schrien überzeugend, waren sie doch vorwiegend Hebammen, die sich auskannten. Das Laborteam musste eine Probe an einer Patientin nehmen, diese dann fachgerecht versorgen und fertig zum Transport machen.

Das OP-Team musste sich für eine Sectio – also Kaiserschnitt – bereitmachen. Dabei sahen wir wieder einmal, woran es massiv mangelte: GynäkologInnen. De facto hatten wir weiterhin nur einen einsatzbereiten Gynäkologen, der zweite war zwar gynäkologisch erfahren, aber mit seinen 74 Jahren nicht in der Lage, länger in der PPE zu bleiben, geschweige denn, darin eine Sectio durchzuführen. Nun waren die Verhältnisse in Liberia anders als in Österreich. Die Ärzte wohnten am Anstaltsgelände, die Hauptarbeit wurde von den Hebammen und PflegerInnen gestemmt. Es gab aber mindestens zwei Visiten täglich, und für Operationen kamen die Ärzte zügig herbei. Aber zwischendurch waren sie dann auch einmal einfach verschwunden. Dafür blühte ihnen aufgrund des Mangels an anderen KollegInnen eine Sieben-Tage-Woche.

Die Abläufe spielten sich langsam ein, und die räumlichen Änderungen wurden vom Personal akzeptiert. Anregungen wie etwa versperrbare Spinde nahmen wir gerne auf. Schließlich entsprachen sie unseren Gepflogenheiten in Europa. Wir hatten auch Dienstkleidung – also Hosen und Shirts – für alle besorgt. Damit wollten wir vermeiden, dass Personal privates Gewand mit nach Hause nahm und so eventuell zum Keimüberträger wurde. Auch Gummistiefel sollte es für alle geben. Einige Tage zuvor hatten wir ein kleines Areal bestimmt, in dem das gesamte Material, das wiederverwertbar war – Stiefel, Brillen und ähnliches – gewaschen werden sollte. Hier brauchten wir die SOPs, und wir benötigten zusätzliches Personal, was den Verantwortlichen erst erklärt werden musste.

In der Zwischenzeit hatte der spanische Mutterorden einen erfahrenen Arzt und IPC-Spezialisten einfliegen lassen. Dieser sah sich unsere Pläne, Änderungsmaßnahmen und Trainings aufmerksam an. Er war sehr beeindruckt und meinte, dass man in Spanien ähnlich erfreut über die Arbeit gewesen sei. Das sei auch der Grund dafür, dass die Änderungspläne des Krankenhauses und auch das MoU innerhalb von zwei Tagen vom Orden angenommen worden seien. Es machte mich etwas stolz. Am Ende dieser beiden Tage war das Feedback von allen Seiten durchwegs positiv, und ich freute mich für die MitarbeiterInnen.

Kleinere und größere Gebrechen

Als vorbildlicher Arzt hatte ich natürlich meine ganzen Medikamente für den Notfall dabei. Bereits in Sierra Leone hatte ich einer Kollegin mit einem Antibiotikum aushelfen können. Eines Tages, als ich mich noch im St. Joseph's befand, erreichte mich ein Anruf von einem Kollegen. Eine Mitarbeiterin war vom Sessel gefallen und so unglücklich gestürzt, dass er einen Bruch des Beckens befürchtete. Da sich meine Wohnung genau in der Mitte zwischen St. Joseph's und Büro befand, packte er die junge Dame ins Auto, und ich fuhr so schnell wie möglich zu mir nach Hause, um etwas stärkere Schmerzmittel zu holen. Die Fahrer, die sonst bei Schlaglöchern nicht zimperlich waren, fuhren diesmal wirklich bemüht vorsichtig. Mit ein bisschen Tramal, das sie beim Zwischenstopp bei mir bekommen hatte, ging es ihr bald besser. Zwar hatten wir für interne Notfälle im Büro Medikamente, aber dabei handelte es sich eher um Tabletten gegen Kopfschmerzen und Antibiotika. Ich hatte bereits bei früheren Einsätzen gemerkt, dass viele Menschen von einem Arzt einfach erwarteten, dass er Medikamente dabei hatte. Seither rüste ich mich bei Einsätzen entsprechend aus. Wobei ich nicht glaube, dass jemand zum Beispiel von einem Installateur privat verlangen würde, immer eine Rohrzange dabei zu haben. Unsere Kollegin hatte übrigens zum Glück nur eine schwere Prellung, die zwar sehr wehtat, aber keine ernstlichen Folgen hatte.

Alle ÄrztInnen haben ihre Steckenpferde, also Fachgebiete, die ihnen besonders liegen, und genauso gibt es Fachgebiete, die man nicht so mag. Mir zum Beispiel lag und liegt die Dermatologie nur bedingt. Natürlich kenne ich mich mit den üblichen Diagnosen aus. Aber für kompliziertere Dinge gibt es aus gutem Grund SpezialistInnen. Während des Einsatzes sah ich eines Tages eine merkwürdige Blasenbildung im Spiegel. Die Blasen taten nicht weh, also begann ich zu überlegen, was das sein könnte. Es gibt den schönen Spruch: „Wenn du im Wald bist und Hufgeräusche hörst, denke an Pferde, nicht an Zebras." Daher versuchte ich mein dermatologisches Wissen abzurufen und kam nach ausgiebiger Konsultation meiner selbst zu folgender Diagnose: Folgen einer Combustio zweiten Grades. Ja, wir Ärzte lieben Fachausdrücke. Auf gut Deutsch: Es waren die Blasen eines Sonnenbrandes, den ich mir in der Eco Lodge zugezogen hatte, die sich nun ablösten. Es war also lediglich das natürliche Hautpeeling. So einfach kann die Kunst der Dermatologie sein.

Es zeigte sich aber in weiterer Folge ein schwereres, wenn auch nicht humanes Gebrechen: Wir hatten „Land unter" im Krankenhaus im Bereich von OP und Kreißsaal. Nachdem sich alles langsam in Richtung Wiedereröffnung bewegte, hatten die Arbeiter das Wasser wieder aufgedreht. Eines der Rohre hatte dem Druck leider nicht standgehalten und war geborsten. Leider hatte es beim Rohrbruch ausgerechnet die Räumlichkeiten der Geburtenstation erwischt, die nun zwei Zentimeter unter Wasser stand. Mit genügend Shampoo oder Seife hätte man dort wenigstens alles grundreinigen können. Aber auch dieses Problem bekamen wir unter Kontrolle, auch wenn es einige Tage dauerte. Wir boten dem Krankenhaus unsere Hilfe an. Diese wurde zunächst abgelehnt, dann meinte einer der Verantwortlichen, dass sie einen richtigen Installateur bräuchten, da ihr Haustechniker damit überfordert sei. Leider verloren wir dadurch vier Tage, der von uns eingeschleuste Installateur hatte dafür dann innerhalb eines halben Tages alles unter Kontrolle. Aufgrund der Hitze trocknete alles sehr rasch, und das Wasser wurde tatsächlich auch gleich zur Grundreinigung verwendet. Die weiteren Tage verliefen dann ohne Komplikationen, und die Zeit der Eröffnung und meines Abschiedes rückte unaufhaltsam näher.

Die Zertifizierung der Schawamas

Essen war ja ein Thema hier. Man konnte selbst kochen oder in Lokale gehen – mein unbestrittenes Lieblingsrestaurant war mittlerweile das von Mama Susu geworden –, wobei das nicht ganz einfach war. Das Rote Kreuz ließ uns nicht jedes Lokal besuchen, da man auf unsere gastroenterale Gesundheit Wert legte. Auf gut Deutsch: Um eine Vergiftung durch Salmonellen oder Ähnlichem mit Übelkeit und Erbrechen oder gar Schlimmerem zu vermeiden, mussten die Lokale erst von der Delegationsleitung abgesegnet werden. Ich wollte am letzten Tag nochmals zu Mama Susu gehen, hatte aber auch unsere neue stellvertretende Delegationsleiterin im Auto. Da war guter Rat teuer. Also nahm ich sie mit ins Lokal, wir aßen ausgezeichnete Schawamas und überzeugten unsere Vorgesetzte so von der

Genießbarkeit der Speisen. Als Mama Susu hörte, dass dies mein letzter Tag war, bekam ich, weil ich ja so verhungert aussah, noch einmal zusätzlich das Gericht des Tages serviert: Rindfleisch mit Reis und einer herrlichen Sauce und als Abschluss den obligatorischen Tee. Sie meinte, dass in mehr als 30 Jahren niemand für Kaffee oder Tee bezahlt habe. Ein schöner Brauch, irgendwie.

Unsere Chefin setzte dann eine offizielle Handlung, indem sie Mama Susu fragte, ob sie einen Blick in die Küche werfen dürfe. Wir hörten von draußen Sätze wie: „Gibt es hier lebende oder tote Tiere?" Dies bezog sich auf Schaben oder sonstiges Ungeziefer, nicht auf den Inhalt des Tagestellers. Was sie sah, überzeugte die stellvertretende Leiterin, und seit dem 17. November 2014 ist Mama Susu offiziell ICRC-zertifiziert.

Der Abschied

Nach fünf Wochen war also der Tag des Abschieds da. Ich nehme es vorweg: Die Eröffnung am 17. November, an meinem letzten Tag in Liberia, ging sich nicht aus. Das bedeutete aber auf keinen Fall, dass das Projekt gescheitert war. Die Eröffnung fand nur eine Woche später als geplant statt. Bis dahin hatten wir viel erreicht:

- Eine neue Triage (eine Hütte, in der Voruntersuchungen, Temperaturmessungen und Befragungen stattfanden) wurde errichtet.
- Ein kleiner Anbau (CCC) wurde für Verdachtsfälle umgebaut und modernisiert.
- Eine neue Grube für scharfe Gegenstände wurde gegraben.
- Eine Grube für Plazentas wurde gebuddelt.
- Die Station bekam zwei neue Ausgänge.
- Mehr als 100 Personen wurden mehrfach im Umgang mit der Schutzausrüstung (PPE) geschult.

- Ein neues Müllsystem für potentiell infektiösen Abfall wurde eingeführt.
- Die Geburtenstation wurde in verschiedene Zonen mit verschiedenen Risikoklassen eingeteilt.
- Mindestens drei Löcher im Rohrsystem der Wasserleitung wurden geflickt.
- Eine kaputte Pumpe wurde ersetzt.
- Das Leitungssystem wurde hochdosiert gechlort, um alle Bakterien abzutöten.
- SOPs (Standardprozeduren) wurden erstellt und vorgestellt.
- Ein externes Labor speziell für Ebola-Verdachtsfälle wurde gewonnen, um Blutproben sicher zu analysieren.
- Ebenso wurden andere Organisationen gewonnen, die im Notfall Ebola-Patienten abholen und in Ebola Center (ETC) bringen würden.

Wir würden das Spital auch weiterhin unter anderem mit PPE unterstützen und das Personal laufend schulen. Auch die Mitarbeiterinnen der zwei kleineren Spitalsambulanzen in den Slumgebieten waren bereits im Umgang mit PPE trainiert. Durch unsere Unterstützung sollte es auch weiterhin keine Ebola-Kranken dort geben. Weitere drei Ambulanzen waren in Planung. Immer mehr andere Organisationen versuchten unserem Beispiel zu folgen und wie das Rote Kreuz vermehrt die medizinische Grundversorgung wiederherzustellen. Menschen würden weiterhin krank werden, Kinder würden geboren, Operationen mussten durchgeführt werden. Doch es fehlte und fehlt weiterhin an fachlich qualifiziertem Personal.

Mit acht Betten würde die Klinik in sieben Tagen starten und dann ihre Kapazität nach und nach auf bis zu 20 Betten erhöhen. In weiterer Folge sollte die Schwangerschaftsambulanz eröffnet werden, um ein HIV- und Malaria-Screening für die werdenden Mütter zu ermöglichen. Auf diese Weise sollte wieder ein Stückchen Normalität in Monrovia einkehren, und ich konnte Liberia guten

Gewissens den Rücken kehren. In Monrovia verfasste ich ein 15 Seiten umfassendes Hand Over, weil meine Nachfolgerin leider erst im Laufe der nächsten Woche kommen würde. Also hatte ich alles dokumentiert, was wir gemacht hatten, außerdem enthielt das Dokument die weiteren Planungen und meine Einschätzung der Lage im Krankenhaus.

Brother George versprach, die Mütter davon zu überzeugen, die ersten fünf Kinder Michael, nach mir, bzw. Barbara, nach meiner Frau, zu benennen. Später sollte ich erfahren, dass das erste Kind eine Barbara geworden ist. Die offizielle Version, warum sie Barbara hieß, war, dass dies zu Ehren von Schwester Barbara, der Nonne, geschehen war. Nur Bruder George, meine Frau und ich kennen den wahren Grund. Die Mutter war sofort einverstanden mit dem Namen, als sie den Grund für den Vorschlag erfuhr.

Es war für mich ein schöner Abschluss nach einem Jahr voll toter Menschen, voll Erkrankungen, voll ängstlicher Freunde und Verwandter, voll Medienpräsenz und voll neuer Erfahrungen.

Genf

Die Kälte hatte mich wieder, es regnete, die Frisur war grauenhaft. Ohne wirklichen Schlaf war ich in Monrovia gestartet. Ich hatte online eingecheckt, was man merkte.
Es war nur jeweils ein Passagier in jeder zweiten Reihe, und ich saß direkt neben dem WC, da ich einfach hinter mir niemanden haben wollte. Alle anderen hatten am Schalter bessere Plätze bekommen. Das Flugpersonal trug Handschuhe, um mit ja keiner Körperflüssigkeit in Kontakt zu kommen und bot mir an, den Sitz zu wechseln. Mir war es egal. Ich fand es gut, dass sie Handschuhe trugen, Sicherheit ging eben vor. Bevor man zum Flughafen durfte, wurde die Körpertemperatur gemessen. Erst danach ging es aufs Gelände. Ich fühlte mich gesund, und dementsprechend beherzigte ich den inoffiziellen Tipp von KollegInnen anderer

Organisationen nicht, eine Stunde vor der Abfahrt zum Flughafen ein Paracetamol zu schlucken, um eine etwaige erhöhte Temperatur zu drücken. Wenn man die Perversität dieses Ratschlages überlegte, wurde einem anders. Auf dem Gelände wurde vor dem Betreten des Flughafengebäudes nochmals die Temperatur gemessen. Und vor dem Einsteigen ins Flugzeug gab es dann noch eine weitere Messung. In Genf wurde dann noch ein letztes Mal kontrolliert, ob ich Europa im Fieberwahn betreten wollte.

All diese Hindernisse schaffte ich ohne Probleme. Europa hatte mich wieder. Ohne Schlaf fuhr ich vom Flughafen direkt in die Zentrale des Roten Kreuzes, wo mich eine Liste mit Debriefing-Terminen erwartete. Allein zu den SOPs wurde ich etwa 45 Minuten lang befragt: Woher ich dies hätte, wie ich darauf käme? Es war wie eine Verteidigung einer Master-Arbeit und verunsicherte mich. Laetitia, die Monrovia einige Tage vor mir verlassen hatte und sich zufällig noch in Genf aufhielt, erzählte mir später, dass meine SOPs irgendwo darauf warteten, im Falle eines Ebola-Ausbruches in einem anderen Land dorthin gesendet zu werden. Man müsste sie nur für das jeweilige Krankenhaus adaptieren, und das Rote Kreuz sei wirklich froh über meine Vorlage. Daher die Fragerei. Ich war es nach ihrer Information erleichtert.

Ich hatte noch eine Nacht in Genf, konnte zum Frisör gehen und hatte bereits mit der obligatorischen Temperaturmessung zweimal täglichen begonnen. Ich schrieb auch meinen letzten Einsatzblog fertig, direkt neben der bekannten Fontäne. Es fühlte sich komisch an, wieder in Europa zu sein. Dann ging es endlich nach Wien, und ich konnte meine Barbara wieder in den Armen halten. Da ich symptomfrei war, hatte sie keine Angst. Natürlich schränkten wir den Körperkontakt in den nächsten drei Wochen ein, und ich achtete mehr als sonst auf mich und hörte in mich hinein.

Ich hatte noch vor meiner Rückkehr regen Mailkontakt und bekam auch einen interessanten Mailverkehr mit: Das Rote Kreuz hatte die Idee, mich zu Übungszwecken von einem Spezialtransport abholen und mich direkt in die Steiermark bringen zu lassen. Wie gesagt: zu Übungszwecken. Zum Glück war diese Überlegung wieder verworfen worden. Ich stellte mir vor: Drei SanitäterInnen in voller Schutzkleidung warteten auf mich in der Ankunftshalle. Ich wäre aber immerhin mal wieder in allen Zeitungen gewesen, vielleicht sogar zum YouTube-Star geworden.

Wenn mich jemand vor diesem Einsatz gefragt hätte, was ich so mache, was ich kann, hätte ich vermutlich geantwortet, dass ich ein passabler Allgemeinmediziner bin, der auch als Trainer und Lehrer in Ordnung ist. Ich bin ein Optimist, ein guter Motivator und habe ein Herz für 90 Prozent der Menschen. Man kann nicht alle gerne haben. Hätte mir jemand gesagt, dass ich es in der Hand haben würde, die Wiedereröffnung einer Geburtenstation zu steuern und maßgeblich daran beteiligt zu sein, hätte ich ihm vermutlich nicht geglaubt. Die Mission in Liberia zeigte mir, dass man mit seinen Aufgaben wächst. Ich hatte zum ersten Mal in meinem Leben die Chance, unter kontrollierten Bedingungen meine eigenen Ideen voll zu verwirklichen. Meine Vorgesetzte wurde von allen wichtigen Entscheidungen unterrichtet. Da sie aber immer den Eindruck hatte, dass ich wüsste, was ich tat, mischte sie sich kein einziges Mal ein, hielt mir aber stets im Notfall den Rücken frei und stärkte mich.

Nein, ich hatte keine weltbewegenden Dinge vollbracht, nichts, was man den Medien als Großtat verkaufen konnte. Ich konnte in Liberia dazu beitragen, dass Kinder wieder durch Hebammen in einem Krankenhaus zur Welt kommen konnten, dass Mütter nicht irgendwo auf der Straße entbinden mussten. Ich hatte dazu beigetragen, dass das Personal zuversichtlich in die Zukunft und zur Wiedereröffnung der Klinik schaute, genügend Schutzkleidung hatte und wusste, wie es sich schützen konnte. „Der Respekt vor der Krankheit", hatte ich ihnen immer wieder gesagt, „darf nie verloren gehen."

Nachwort

Weihnachten war für mich gestern. Meinen letzten Blog schrieb ich am 19. Dezember 2014, nachdem Barbara für mehr als vier Monate nach Monrovia gegangen war. Er war eine Zusammenfassung der Zeit nach meinem Einsatz und enthielt folgendes:

Inkubationszeit

Das war das Wort, das vielen Menschen Angst machte. Wir hatten versucht, die Zeit als „Cool Down"-Phase zu etablieren. Es hörte sich ungefährlich an und war es auch. Da man ja gesund war, solange man keine Symptome entwickelte, bestand kein Grund zur Sorge. Da ich als Arzt eine große Verantwortung gegenüber den anderen hatte, war mir klar, dass ich beim kleinsten Anzeichen von Symptomen Kontakt mit dem Kaiser-Franz-Joseph-Spital (KFJ) aufnehmen würde. Ich war nicht im Kino, im Theater oder auf Konzerten, spielte auch selbst kein Theater. Ich machte es mir in einem kleinen Häuschen in der Steiermark gemütlich, ging ein bisschen Nordic Walken auf den Feldern, wo einander Fuchs und Hase „Gute Nacht" sagten, und mied Körperkontakt. Zweimal täglich prüfte ich meine Temperatur, einmal täglich telefonierte ich mit meiner ÖRK Vorgesetzten oder schrieb ihr eine SMS, um sie davon zu überzeugen, dass ich lebendig und gesund war.

Wir hatten als Rotes Kreuz eine Verantwortung allen Menschen gegenüber und wollten bewusst nicht zusätzlich Angst schüren, weil da ein Arzt aus dem Ebola-Gebiet in Wien frei herumlief. In der Medizin ist ja bekanntlich nichts hundertprozentig. Also ging es ab in die Isolation. Am Anfang dachte ich noch, dass das alles ganz locker und kein Problem sein würde. Doch nach fünf Wochen Einsatz, in denen es keinerlei Berührung, nicht einmal ein Händeschütteln gegeben hatte, lechzte ich mental nach jeglichem Kontakt – der jetzt noch weitere drei Wochen warten musste. Zusätzlich zu meinem Bedürfnis nach Umarmungen stellte sich dann auch noch ein Lagerkoller ein. Ich lenkte mich mit Lesen, Fernsehen, Internetsurfen und leider auch Essen ab – nicht sehr ergiebig, aber schön, wenn man davor 60 Wochenstunden und mehr gearbeitet hatte. Ich konnte in dieser Zeit sogar für unsere Musicalaufführung üben. Skype sei Dank gab es Feedback von Harald, unserem Kursleiter.

Selbst heute, acht Monate später, stellen mir manche immer noch diese eine Frage: „Bist du eh nicht mehr infektiös?" Danach grinsen sie mehr oder weniger unsicher.

Nein, ich bin nicht mehr infektiös – ich war es nie! Ich weiß, sie meinen es nicht böse, sie sind unsicher, hoffentlich nicht ängstlich. Ich habe es irgendwann aufgegeben, das wieder und wieder zu erklären. Einer der schönsten Augenblicke für mich war, als ich nach der „Cool Down"-Phase endlich wieder in unsere Theatergruppe, in der ich spiele, kam, und alle zu mir stürmten und mich umarmten. Ich hatte ihnen vor meinem Abflug alles genau erklärt – von wegen Symptomen und so. Gabi, eine Schauspiel-Freundin, war die erste, die mich in ihre Arme schloss, und ich wäre fast zurückgewichen, weil ich so viel Zuneigung gar nicht mehr gewohnt war. Es war neben meiner Frau der herzlichste Empfang in Österreich. Unsere Theatergruppe und nicht zuletzt auch Barbara, Steffi, eine enge Freundin, und Harald, unser Kursleiter, haben mir viel Kraft gegeben.

Ich durfte auch einen Vortrag bei der Jugend des Wiener Roten Kreuzes halten. Weil er innerhalb der Inkubationszeit stattfand, wurde es kurzerhand eine Videokonferenz via Skype. Etwa 70 Minuten lang gab es Bilder, Geschichten vom Einsatz und Antworten auf viele Fragen. Es war ein schönes Erlebnis.

Was blieb als Fazit nach fünf Wochen Einsatz im Ebola-Gebiet? Die Geburtenstation wurde eröffnet und läuft. Es ist ein tolles Gefühl, dies vollbracht zu haben. Es gibt wieder ein klein wenig mehr Alltag. Wir sind aber weit entfernt von jeder Normalisierung. Derzeit ist Liberia fast Ebola-frei. Es gab aber im Juli 2015 die ersten sechs Neuansteckungen seit Ende März 2015. Jeder neu Erkrankte hat eine Familie und somit potenziell zwei Dutzend weitere Menschen infiziert, die somit beobachtet werden müssen. Schlimmer ist es in Sierra Leone und Guinea: Hier gibt es noch etwa drei bis vier neue Erkrankungen pro Tag. Das mag nicht nach viel klingen, aber auch dieser Ebola-Ausbruch hat mit einem einzigen Fall begonnen. Bisher waren vermutlich keine 20 ÖsterreicherInnen im Ebola-Gebiet. Eigentlich ist es eine sehr kleine Zahl an HelferInnen, aber ich verstehe die Angst der Menschen und bewundere jede Einzelne und jeden Einzelnen von ihnen.

Ich bewunderte auch meine Frau, die ich zum Flughafen brachte, als sie nach Monrovia aufbrach. Am Abend des 18. Dezember hatten wir Weihnachten gefeiert. Wir hatten gegessen, ich hatte kein Geschenk für Barbara, es war auf dem Postweg verschollen. Aber wir hatten einen schönen Abend miteinander verbracht, den letzten für fast fünf Monate. Sie wollte dort weitermachen, wo ich hatte aufhören müssen.

Barbara arbeitete als Leiterin der deutschen Delegation des Roten Kreuzes. Sie blieb über vier Monate und war mit ihrem Team für die Planung und Umsetzung der SITTU verantwortlich. Sie sorgte für die Sicherheit von über 300 Personen, und war als HoO – Head of Operation – für alle organisatorischen Belange des Deutschen Roten Kreuzes in Liberia zuständig. Ja, ich hatte Angst um sie, wie sie Angst um mich gehabt hat. Ich wusste aber, dass sie auf sich aufpassen würde. Sie ist schließlich eine erfahrene Katastrophenhelferin. Weihnachten war für mich früher als für alle anderen. Ab dem 20.12.2014 zählte ich die Tage, bis ich sie wieder sehen würde – es waren noch 130 ...

Was ebenfalls blieb, sind eine Menge Pressetermine, die mich quer durch Wien und quer durch die Medienlandschaft geführt haben. Von total schrägen Interviews über sehr herzliche mit FM4 und Ö1 sowie Fotoshootings bis hin zum fünften Platz in der Rubrik „Helden 2014" in einer Tageszeitung und zur Nominierung als

„Person of the Year" des „Times Magazine". Für mich sind all die freiwilligen HelferInnen des lokalen Roten Kreuzes und der anderen Organisationen in Guinea, Sierra Leone und Liberia „Persons of the Year". Sie setzen dort tagtäglich ihr Leben aufs Spiel, werden zum Teil von ihren Familien aus Angst vor Ebola verstoßen. Auf die Frage, warum sie ihren Job trotzdem machten, gaben sie lediglich zur Antwort: „Wir müssen doch unserem Land helfen."

Ich fühle mich ein klein wenig als Teil von ihnen. Ein afrikanischer Kollege hat mir vor kurzem bei einem Training in der Steiermark gesagt: „Selbst wenn Du nicht aktiv am Patienten gearbeitet hast, so hast du durch dein Training den anderen Kolleginnen und Kollegen das Wissen und die Sicherheit gegeben, diese wichtige Arbeit zu vollbringen." Wenn ich so darüber nachdenke, dass ich nach der „Cool Down"-Phase wieder normal arbeiten kann, keine Angst vor einer Ebola-Erkrankung haben muss, Angst um meine Lieben, meine Freunde, dann merke ich den Unterschied.

Die vielen Interviews gab ich nicht aus Geltungsdrang, sondern zur Information und auf Bitten des Roten Kreuzes. Ich musste sogar einigen Moderatoren die Angst vor mir nehmen. In Österreich versuche ich via Medien die gleiche Botschaft, die gleichen Fakten zu verbreiten, wie zuvor in Westafrika. Das Rote Kreuz bittet mich immer noch, dahin und dorthin zu gehen, und ich gehe. That's all. Ich genieße den Applaus auf der Musicalbühne bei den Workshops, die ich besuche, nicht aber in Zeitungen, im Radio und im Fernsehen.

Ein Interview, das mir speziell im Gedächtnis geblieben ist, war eines meiner letzten für die Sendung „Feierabend" des österreichischen Fernsehens am Dreikönigstag 2015. Ich hatte lange gebraucht, bis ich zusagte. Ich wollte eigentlich als Rotkreuz-Mitarbeiter aufgrund unserer Grundsätze nicht mit Religion in Verbindung gebracht werden. Nachdem aber von oberster Stelle der Sanktus dazu gegeben worden war – sehr treffend –, willigte ich ein, und so wurde Anfang Jänner 2015 während 14 Stunden ein Porträt von mir aufgezeichnet. Eine Szene, die mich sehr mitgenommen hat, war folgende: Wir befinden uns in unserer Wohnung. Die Sonne ist untergegangen. Die Kamera wurde hinter meiner Schulter postiert und filmt, wie ich mit meiner Frau, die damals ja in Monrovia war, über Skype spreche. Die Wohnung ist dunkel. Nur mein Laptop und zwei LED-Lampen des ORF erhellen den Raum. Nach dem Skype-Telefonat bittet mich das Team, noch Einsatzfotos auf dem Laptop abzuspielen und zu erklären. Ich habe zuvor bereits ein paar Fotos ohne Leichen herausgesucht, da ich diese Art von Fotos nicht im Fernsehen sehen möchte. Es ist still, fast gespenstisch. Ich sitze vor dem Laptop und erzähle über die Fotos vom Einsatz. Das Team verlässt zwischendurch ganz leise die Wohnung und lässt mich allein mit laufender Kamera zurück. Es dauert vielleicht eine Minute, und ich befinde mich wieder in Kailahun und hatte all die Eindrücke wieder vor mir ... Es müssen starke Filmaufnahmen gewesen sein. Ich jedenfalls brauchte Tage, um mich davon zu erholen und wieder mit allem abzuschließen. Das war auch der Tag, an dem ich beschloss, keine Interviews mehr zu geben.

Die Interviews waren so verschieden wie die Medien, denen ich sie gab. Alle waren nett zu mir. Trotzdem war im Jänner ein Ende abzusehen. Ebola war aus den Medien verschwunden, und ich war müde. Zu oft hatte ich die Geschichten erzählt, viele Dinge, die mir wichtig waren, konnte ich nicht erzählen. Deshalb brachte mich Harald, der Leiter unserer Musical-Workshops und Freund, auf die Idee, dieses Buch zu schreiben. Ich konnte hier viele Dinge erzählen, die ich nie gefragt worden war, die mir aber wichtig sind. Es ist meine Art, mit Ebola abzuschließen.

Gerade schreibe ich die letzten Zeilen dieses Buches, wir haben gleich den 28. Juli 2015. Meine Frau ist seit drei Monaten wieder in Österreich. Wir haben uns seit Mitte Juni 2014 in Summe 34 Wochen – also etwa acht Monate – lang nicht gesehen. Ich freue mich aber über jeden Tag mit ihr.

Warum Barbara und ich das tun?

Dafür gibt es viele Gründe: das sogenannte Helfersyndrom; die Freude darüber, anderen helfen zu können; die Zufriedenheit über die geleistete Arbeit; die Möglichkeit, andere Kulturen und Menschen kennen zu lernen; die Gesichter der Menschen, in die man während des Einsatzes sieht; Hilfe zur Selbsthilfe zu geben; KollegInnen in den Ländern zu trainieren; aus Stolz, beim Roten Kreuz zu sein; und vieles mehr…

Zusammenfassend lässt es sich jedoch mit dem Slogan des ÖRK, des österreichischen Roten Kreuzes, erklären:

„Aus Liebe zum Menschen…"[8]

---

[8] © Österreichisches Rotes Kreuz

Danksagung

Ich möchte noch mehreren Menschen danken, die mir während meiner Einsätze und auch davor und danach sehr wichtig waren:

- Barbara, meine Frau, die immer an mich geglaubt hat und mich täglich erträgt.
- Steffi, eine sehr liebe Freundin, die mir immer mit Rat und Tat zur Seite gestanden ist. Ich nannte sie immer liebevoll meine „PR-Lady".
- Harald, meinem lieben Freund und Kursleiter, der mich dazu ermuntert hat, dieses Buch zu schreiben.
- Andrea vom Österreichischen Roten Kreuz hat mich in allen medialen Fragen betreut und begleitet. Ihr habe ich und habt Ihr es zu verdanken, dass ich von TV-Bildschirmen und Zeitungen gelächelt habe.
- Kathrin Steinberger, eine wirklich gute Kinder- und Jugendbuchautorin, die dieses Buch sehr geduldig redigiert und mich immer wieder motiviert hat.
- Zum Schluss grüße ich Didi, den ich als Freund lieben gelernt habe und der mich im Geiste während des Schreibens begleitet und inspiriert hat. Ich denke an dich.

Ihr alle seid toll!

Wien, am 27. Juli 2015

Glossar

CBRN	Spezialeinheit des Roten Kreuzes für chemische, biologische, radiologische oder nukleare Bedrohungen
Genfer Konventionen	Die Grundaussage der Genfer Rotkreuz-Abkommen, Bestandteil des internationalen humanitären Völkerrechts, lautet: Menschen, die nicht oder nicht mehr an Kampfhandlungen teilnehmen (also Zivilisten, Verletzte, Verwundete), sind zu schützen und menschlich zu behandeln.
Humanitäres Völkerrecht	Das humanitäre Völkerrecht bildet einen wesentlichen Teil des Völkerrechts. Es ist eine Zusammensetzung von Regeln, die darauf abzielen, die Auswirkungen von bewaffneten Konflikten zu verringern z.B.: Schutz der Zivilbevölkerung, Schutzzeichen, wie das Rote Kreuz,..
ICRC	International Commitee of Red Cross ist ein schweizer humanitäre Institution. Es handelt als neutraler Vermittler in bewaffneten Konfliktsituationen.
IFRC	International Federation of Red Cross and Red Crescent koordiniert die weltweiten Hilfsaktionen bei Naturkatastrophen und Notständen aller Art und bringt Flüchtlingen außerhalb der Konfliktgebiete Hilfe
IPC	Infection Prevention and Control- Infektionskontrolle, die Maßnahmen zur Verhütung und Ausbreitung von ansteckenden Krankheiten beinhaltet

LoA	Letter of Agreement: Eine Art von Vorvertrag, bei dem man sich über die Rahmenbedingungen einigt.
MSF	Ärzte ohne Grenzen ist eine unabhängige Hilfsorganisation, die medizinische Nothilfe in Krisen- und Kriegsgebieten leistet.
MoH	Ministry of Health- Gesundheitsministerium
MoU	Memorandum of Understanding: Vertrag zwischen den Parteien, in dem alle wichtigen Punkte festgelegt werden
ÖRK	Österreichisches Rotes Kreuz ist die Dachorganisation, die in neun Landesverbände gegliedert ist.
PPE	Personal Protective Equipment: Schutzausrüstung
Wat San	Water and Sanitation: Spezialeinheit des Roten Kreuzes für Trinkwasseraufbereitung und Hygienefragen
WHO	World Health Organisation- Weltgesundheitsorganisation der Vereinten Nationen

Fotonachweis

1. © by Katherine Mueller, IFRC
2. © by Ferdinand Garoff, IFRC
3. © by Michael Kuehnel-Rouchouze, Aut RC

Fotos am Cover © by Michael Kuehnel-Rouchouze, Aut RC